아이들과 함께 자라는

교실 속
인권 나무

아이들과 함께 자라는
교실 속
인권 나무

2012년 10월 8일 처음 펴냄
2016년 5월 10일 2쇄 찍음

지은이 이기규
펴낸이 신명철
펴낸곳 (주)우리교육
등록 제 313-2001-52호
주소 03993 서울특별시 마포구 월드컵북로 6길 46
전화 02-3142-6770
팩스 02-3142-6772
홈페이지 www.uriedu.co.kr
인쇄 천일문화사

이 도서의 국립중앙도서관 출판시도서목록(CIP)는
e-CIP홈페이지(http://www.nl.go.kr/ecip)에서 이용하실 수 있습니다.
(CIP 제어번호:CIP2012004486)

아이들과 함께 자라는

교실 속
인권 나무

이기규 지음

우리교육

✳ 여는 글

"너 공부방 한번 해 보지 않을래?"

대학 1학년, 아무것도 하지 않고 과 학생회실에서 뒹굴 거리던 저에게 한 선배가 대뜸 이렇게 물었습니다. 저는 그 선배와 별로 친하지도 않고 대략 얼굴만 알고 있었지 만, 별다른 고민도 하지 않고 이렇게 대답했습니다.

"뭐, 한번 해 보죠."

"너, 그런데 공부방이 뭐 하는 곳인 줄은 아냐?"

"대학생들이 모여서 공부하는 곳 아니에요?"

저의 황당한 대답에 선배는 한동안 당황한 표정으로 저 를 바라보다 공부방이 어떤 곳인지를 알려 주었습니다.

그렇게 세상에 별로 관심이 없던 제가 작고 허름한 골 목에 자리 잡은 키 작은 공부방에서 아이들과 첫 만남을 가지고 선생님으로 불린 지 벌써 19년이 지났습니다. 초 등학교 교사로 아이들과 함께한 지도 이제 10년이 넘었습니다.

하지만 아직 저는 선생님이란 이름이 부끄럽습니다. 열정만 가지고 아이들과 아웅다웅하며 살던 공부방 교사 시절이나, 관성에 젖은 교육 공무원으로 살고 있는 지금이나 제가 아이들에게 알려 준 것은 아주 적기 때문입니다. 오히려 공부방에서, 교실에서 아이들은 저에게 더 많은 것을 가르쳐 주었습니다. 이 책에 담긴 내용도 마찬가지입니다. 이 책 속에서 제가 풀어 놓은 이야기는 19년이라는 시간 동안 제가 아이들에게 무언가를 가르친 이야기가 아닙니다. 오히려 제가 아이들에게 배우며 깨달은 이야기, 그리고 아직 아이들에게 더 배워야 할 것들이 많다는 것을 고백하는 이야기입니다.

인권이나 인권 교육에 대해서도 마찬가지입니다. 사실, 제가 알고 있는 인권이나 인권 교육에 대한 지식은 아주 적습니다. 인권 운동을 열심히 하시는 분들이나 인권 교육을 평생의 업으로 생각하시는 분들에 비하면 새 발의 피 정도입니다. 사실 제가 인권에 관심을 가지게 된 것도 아주 우연한 일 때문이었습니다.

1996년, 저는 우연히 남편이 국가보안법 위반 혐의로 구속되었다는 이유로 임용 고시 최종 합격을 거부당한 한 선배에 대해 듣게 되었습니다. 연좌제가 사라진 지도 오래인데 이런 일이 생긴다는 것을 이해할 수 없었던 선후

배들이 임용 고시 합격을 요구하는 서명운동을 하기 시작했고 저도 그 일에 동참하면서 인권이라는 부분에 조금씩 관심을 가지게 되었습니다. 그리고 1998년에 그 당시 함께했던 사람들이 모여 작은 인권 동아리를 만들었습니다. 그러면서 그동안 쉽게 지나치고 방관했던 일들이 인권의 문제라는 것을 조금씩 알게 되었습니다.

그때, 한 사회단체에서 "초등학교 인권 교과서"를 만드는 일을 함께해 보자는 제안을 해 왔습니다. 당시에는 인권과 교육을 함께 생각해 본 적이 없던 저는 함께 동아리를 하던 분들과 인권 교육이라는 새로운 세상을 알아 가기 시작했습니다. 당시에는 인권 교육에 대한 전문적인 서적도 별로 없던 시절이라 교과서를 만들어 가는 과정은 체계도 내용도 뒤죽박죽이었지만 함께한 사람들은 도서관과 인터넷을 뒤져 가며 무조건 열심히 하였습니다.

그렇게 교과서 만들기를 함께했던 사람들은 이후 '인권 교육을 위한 교사 모임'을 만들게 됩니다. 대부분 첫 발령 난 겁 없는 새내기 교사들이 모여 만들었던 이 모임도 이제 10년이 넘어가고 있습니다. 물론 10년 동안 우리 모임이 한 일은 거의 자랑할 게 없는 아주 하찮은 일들이 대부분입니다. 하지만 10년간 겪은 여러 가지 시행착오가 모임을 거쳐 간, 그리고 현재도 모임에 남은 사람들에게 많은 배움과 고민을 던져 준 것도 사실입니다.

특히, 인권 교육이 그 내용뿐 아니라 인권적인 문화가 학교 문화로 어떻게 자리 잡을 수 있는가에 대해서도 답해야 한다는 것을 깨닫게 된 것은 저에게는 가장 큰 배움이었다고 생각합니다.

제가 어떻게 아이들을 만났고 인권과 인권 교육을 경험하게 되었냐에 대해서 길게 늘어놓은 것은 사실 이 책이 인권 교육에 대한 저의 고민과 여러 가지 시행착오와 그 과정 속에서 얻은 소중한 깨달음을 담고 있기 때문입니다. 그래서 이 책에서는 아주 반듯한 교육 이론이나, 쌈박한 교육 방법을 이야기하진 않습니다. 저는 그럴 만한 능력도 없고 생각도 깊지 않습니다. 제가 이 책에 쓴 여러 고민과 깨달음은 사실 이미 수십 년에 걸쳐 교실에서 아이들을 만나고 계신 선배 선생님들이 이미 경험한 것들입니다.

그런 의미에서 이 책은 사실, 다른 선생님들보다는 저 자신을 위해 쓴 책입니다. 조금만 틈이 보이면 나태해지고 게으르게 살고 있는 제 자신에게 "제발 정신 줄을 놓지 않고 선생님이란 이름값을 하며 살라."고 다그치기 위한 책입니다. 그리고 처음 교실에서 아이들을 만나게 되는 새내기 선생님들이 나와 같은 실수를 하지 않기를 바라는 마음도 담았습니다.

덧붙여 학생 인권 조례 재정이라는 교육적 변화가 단지

사문화된 법 조항으로 그치는 것이 아니라 학교 현장에서 새로운 학교 문화를 만드는 원동력이 되길 바라는 마음도 함께 있습니다.

사실 학생 인권 조례 재정과 이에 따른 학생 인권에 대한 사회적 관심은 새로운 교육에 대한 학생들과 선생님들의 열망의 결과이기도 합니다. 다만 아쉬운 것은 학생들과 함께 이러한 변화의 주체가 되어야 하는 선생님들이 소외되어 가는 인상을 지울 수 없다는 점입니다.

그런 의미에서 이 책은 지금까지 획일적, 경쟁 중심적인 꽉 막힌 학교 문화를 선생님들의 힘으로 바꾸어 보자는 일종의 제안서이기도 합니다.

또 "교실과 학교 곳곳에서 학생들과 어떤 인권적인 관계를 만들어 나갈 것인가?", "선생님들이 학생들과 함께 학교를 인권적으로 바꾸기 위해서 어떤 것들을 고민해야 할 것인가?"에 대해 이제부터 이야기를 시작해 보자는 프로포즈이기도 합니다.

인권 교육이나 인권적인 학급 운영 등에 대해 고민한 지 10년이 넘었지만 사실 저는 아직 제자리걸음 수준입니다. 아무래도 제 모자란 능력으로는 해결하기 어려울 듯합니다. 그래서 저는 이 책을 읽은 모든 분들에게 도움을 청하고 싶습니다. 학교에서, 공부방에서, 지역 아동 센터에서 그리고 가정에서, 인권 교육이나 인권적 관계에 대

해 고민하시는 분들과 함께 인권 교육의 진정한 첫걸음을
힘차게 내딛고 싶습니다. 아이들과 함께 작지만 큰 걸음
을……

차례

어떻게 부를까요?

"혜미야, 잠깐 이리 와 볼래?"

몇 년 전 어느 날이었습니다. 아침 일찍 학교에 오는 부지런한 혜미의 얼굴이 열린 교실 문 사이로 빼꼼히 보이자 저는 기다렸다는 듯이 혜미를 불렀습니다.

혜미는 궁금증 가득한 얼굴로 저에게 다가왔습니다. 하지만 저는 막상 혜미의 얼굴을 보니 어떤 말을 해야 할지 말문이 막혔습니다. 좀 뜸을 들이다가. 간신히 말을 내뱉었습니다.

"넌 선생님이 어떻게 불러 줬으면 좋겠어?"

"예? 그게 무슨 말이에요?"

혜미는 고개를 갸웃거립니다. 하긴 이른 아침에 선생님이 갑자기 엉뚱한 질문을 하니 그럴 만도 합니다.

"그러니까, 선생님이 혜미를 어떻게 부르는 게 좋겠냐는 말이야."

"???"

혜미는 더욱더 궁금증만 늘어 갑니다. 오늘 아침에 이 엉뚱한 선생님이 왜 이러나 하고 생각했을지도 모릅니다. 이럴 때에는 괜히 언어능력이 부족한 제 자신이 원망스럽습니다.

"음 그러니까, 혜미를 선생님이 부를 때 혜미야! 이렇게 부르잖아."

"네, 그런데요?"

"그렇게 부르는 거 말고 다른 식으로 부른다면 말이야. 예를 들어 혜미 양, 혜미 씨, 혜미 어린이, 뭐 이런 호칭 말이야. 선생님이 어떻게 부르면 혜미가 가장 듣기 좋을까? 아, 그리고 혜미란 이름 말고 따로 불리고 싶은 다른 이름이 있으면 그걸 말해도 좋아."

"???"

이른 아침에 혜미를 붙잡고 뜬금없이 이런 질문을 해 댄 까닭은 교사로 살아오면서 지금까지 아무렇지도 않게 생각했던 것에 대해 갑자기 의문이 생겼기 때문이었습니다.

그해는 예배를 강요하는 학교에 반발해 1인 시위를 벌이다 제적당한 한 고등학생의 이야기가 화제가 되었던 해이기도 합니다. 이 사건을 계기로 사람들은 청소년의 종교 선택권에 대해 고민하게 되었지요.

제 의문은 바로 이 고등학생과 관련되어 있습니다. 종

교의 자유를 주장한 이 친구와 저의 뜬금없는 질문이 무슨 상관이냐고요? 사건은 이렇습니다.

그 당시 한 인권 단체에서는 이 친구와 만나 간단한 회의를 할 예정이었답니다. 그런데 회의 시작 전 인권 활동가들에게는 고민이 생겼습니다. 그 고민이란 바로 "이 친구를 어떤 호칭으로 부르면 좋을까?"였습니다.

그냥 친근하게 반말로 "○○야"라고 부르는 것이 좋을까 아니면 "○○ 군" 또는 "○○ 학생" 등으로 부르는 게 좋을까 설왕설래를 했던 것이지요. 결국 그들이 내린 결론은 바로 직접 본인에게 어떻게 부르면 좋을지 물어보자는 것이었습니다.

호칭 때문에 이렇게 고민을 한다는 게 우습게 들릴 수도 있을 것입니다. 게다가 내릴 결론이 본인에게 직접 물어보는 거라니 참 단순한 결정으로도 보입니다.

하여튼 이렇게 결정한 인권 활동가들은 이 고등학생과의 첫 대면을 하는 자리에서 어떤 호칭이 좋을지 물어보게 되었습니다. 그러자 그 친구는 망설임 없이 이렇게 대답했다고 합니다.

"○○○ 씨라고 해 주세요."

그가 인권 활동가들에게 이렇게 부탁한 것은 사람들이 자신의 나이나 직업의 차이와 관계없이 자신을 동등한 한 사람으로 존중해 주기를 원했기 때문일 것입니다.

교사가 된 이후 한 번도 해 본 적이 없던 고민을 하기 시작한 것은 바로 이 이야기를 인권 활동가들에게 전해 듣고 나서부터였습니다.

　선생님이 되어서 처음 아이들을 만나고 지금까지, 저는 항상 아이들을 보며 "동호야!", "명락아!" 등으로 부르거나 그것도 아니면 "야!", "너!" 이런 식으로 말하곤 하였습니다. 처음 본 아이들을 부를 때도 "거기 노랑머리!" "너, 너 말이야." 라고 말했었고 한 번도 그것이 잘못되었다고는 생각해 본 적이 없었습니다. 아니 그것은 나이 많은 사람이라면, 그리고 아이들을 가르치는 교사라면 당연히 그렇게 해도 된다는 생각이 제 마음속에 있었기 때문이었을 것입니다.

　그런 저에게 인권 활동가들이 들려준 이야기는 제 자신이 아무 생각 없이 해 오던 말들에 대한 여러 가지 고민과 의문을 갖게 만들었습니다.

　'나는 왜 호칭을 어떻게 부르는 것이 좋은지에 대해 한 번도 생각하지 않았던 것일까?'

　'내가 부르는 호칭을 아이들이 정말 좋아할까?'

　'난 왜 아이들에게 먼저 물어보지 못했던 것일까?'

　저는 그렇게 생긴 의문들을 아이들과 만나서 해결하고 싶었습니다. 인권 활동가들이 그랬던 것처럼 아이들에게 직접 물어보는 것이 맞겠다고 여겼기 때문이었습니다. 그래서 다음 날 아침 혜미에게 질문을 던지게 된 것이지요.

혜미는 저의 황당한 질문에 한참 골똘히 뭔가를 생각하는 듯했습니다. 저는 닦달하고 싶은 마음을 애써 참으며 기다렸습니다. 한참 시간이 지나고 나자 혜미는 대뜸 나에게 이렇게 물었습니다.

"선생님, 그럼 제가 지금 말하면요…….."

혜미는 슬쩍 제 눈치를 살폈습니다.

"선생님이 정말로 제가 원하는 그대로 불러 주실 거예요?"

말을 하는 혜미의 눈이 반짝 빛났습니다.

"그럼! 물론이고 말고."

저는 미소를 지으며 고개를 끄덕였습니다. 그리고 혜미의 입에서 어떤 말이 나올까 머릿속에서 온갖 추측을 하며 혜미가 대답하기를 기다렸습니다.

그제야 혜미는 웃는 얼굴로 고개를 갸웃거리며 한참을 주저하더니 부끄러워 볼이 빨갛게 된 얼굴로 해맑게 웃으면서 나에게 이렇게 말했습니다.

"음……, 그럼 혜미 님이라고 불러 주세요."

저는 혜미의 말을 듣고 무언가로 뒤통수를 얻어맞은 것처럼 정신이 멍해졌습니다. 겉으로 보기에는 아무렇지도 않은 것 같지만 아이들의 마음 깊은 곳에는 어른들이 자신을 존중해 주길 바라는 마음이 숨어 있다는 걸 알게 되었기 때문입니다.

"좋아, 그럼 이제부터 혜미 님이라고 불러 줄까?"

"아니요, 그냥 혜미야라고 해도 괜찮아요."

혜미는 배시시 웃으며 자기 자리로 쪼르르 달려갑니다. 어쩐지 아이의 얼굴에는 웃음이 가득합니다.

아이의 해맑은 모습을 보면서 저는 제 자신이 한없이 바보 같고 부끄러워졌습니다. 평소에 입버릇처럼 어른들은 아이들을 존중해야 한다고 떠들었지만 정작 내 자신은 아이들을 부르는 호칭도 아무렇게나 쓰는 교사로 살아왔다는 것을 처음으로 깨닫는 순간이었기 때문입니다.

혜미와 호칭에 대해 이야기를 나눈 뒤 저는 아이들과 여러 가지 대화를 나누면서 호칭에 대해서 이런저런 이야기를 들을 수 있었습니다.

"우리 아빠는 기분 좋을 때는 '어이구, 우리 똥강아지!'라고 하지만 기분 나쁘면 '이 웬수야!'라고 말해요."

"우리 엄마는 자꾸 나 보고 수미래요. 언니하고 만날 헷갈려서 속상해요."

"난 우리 엄마가 애기야라고 부르는 게 좋아요."

"우리 엄만 기분 좋을 땐 예쁜 딸이라고 부르지만 기분 나쁠 땐 내 이름을 불러요."

아이들의 이야기를 듣다 보니 아이들은 생각보다 자신을 부르는 호칭에 민감하게 반응하고 있다는 것을 알게 되었습니다. 또한 아이들은 불리는 호칭 자체뿐만 아니라 그 호칭에서 느껴지는 감정들도 쉽게 알아차립니다. 특히 현철이의 경우를 보면 그것이 더욱 명확해 보입니다.

"박현철, 공책 가져가요."

어느 날 숙제 검사를 하고 난 뒤 제가 현철이를 부를 때 일입니다. 현철이는 혼자서 종이접기를 열심히 하느라 제 목소리를 듣지 못했나 봅니다. 저는 큰 소리로 현철이를 불렀습니다.

"박현철!"

그러자 갑자기 현철이가 놀란 눈으로 벌떡 일어납니다. 그 순간 아이의 눈에 두려움이 비칩니다. 저는 괜히 현철이를 부른 것이 미안해집니다.

현철이는 다른 아이들과 비해서 학습 능력이 뒤처지고 의욕이 별로 없는 아이입니다. 특히 잔소리를 들으면 어찌할 바를 모릅니다. 다정히 어깨에 손을 올리려고 해도 자기를 때리려는 줄 알고 먼저 몸을 피합니다.

현철이와 나중에 이야기를 해 보니 아버지가 현철이를 혼내거나 야단칠 때 가장 많이 하는 말이 큰 소리로 "박현철!"하고 외치는 것이라는 걸 알게 되었습니다. 겁이 많고 어른들에게 상처를 많이 받은 현철이에게는 자기의 소중한 이름이 바로 두려움을 만드는 하나의 호칭이 된 것입니다.

그런데 아이들 이야기를 들어 보면 현철이의 예처럼 부모님들이 자신에게 기분 좋을 때는 "우리 아들, 아들, 예쁜 딸." 등으로 부르는데 기분이 나쁠 때에는 그냥 이름을 부르는 경우가 많다고 합니다. 자기 이름을 듣는 것을 두려워하거나 짜증스럽게 여기는 아이들이 있다는 것은 참 슬픈 일입니다. 아이들에게 이름은 소중한 자신을 아름답게 나타내는 첫 낱말이기 때문입니다.

그래서 아이들과 처음 만나면 저는 보통 아이들에게 불리고 싶은 이름을 묻는 것을 먼저 합니다. 처음에는 그냥 자기 이름을 그대로 말하기도 하지만 재미있는 별명을 말하는 아이들도 있습니다. 또 자신이 싫어하는데 아이들이 계속 부르는 별명도 이야기하게 합니다. 우리 반 아이들이 실수로라도 그 별명을 부르지 않도록 말입니다.

　"선생님 전 효정이보다 은채라고 불러 주세요. 제가 만든 이름인데 이쁘죠?"

　"전 아이들이 절 달팽이라고 부르는 게 정말 싫어요."

　큰 키에 학교 축구 선수인 동욱이는 약간 어색한 미소를 띠며 저에게 이렇게 말합니다.

　"알았어요. 선생님뿐만 아니라 우리 반 아이들 모두가 동욱이를 그렇게 부르지 않을게요."

　저는 동욱이에게 이렇게 답하며 미소 지었습니다. 사실 동욱이가 그런 별명을 갖게 된 것은 축구 경기에서 다른 아이들은 뛰어가는데 동욱이는 대부분은 걷기 때문이었습니다. 창문 밖에서 동욱이가 축구 연습을 하는 걸 보면 영락없이 달팽이 같아 웃음이 나오기도 해요. 하지만 저는 졸업식 때까지 동욱이에게 달팽이라는 별명을 부른 적이 없습니다. 다른 아이들도 마찬가지고요. 동욱이는 느릿느릿해도 우리 학교 최고의 축구 선수였답니다.

　아이들하고 이렇게 자기 이름에 대해서 이야기를 하고

나면 함께 백창우 선생님이 만든 〈세상의 모든 것들은〉이라는 노래를 부르고는 합니다.

세상의 모든 것들은 저마다 이름이 있지
세상의 모든 것들은 저마다 꿈을 꾸지

저학년 아이들과 함께 노래를 부른다면 위의 노래보다 이창희라는 친구가 쓰고 백창우 선생님이 곡을 붙인 〈박진산〉이라는 노래도 좋습니다.

내 친구 이름은 내 친구 이름은
백두산도 한라산도 아닌 박진산

그리고 그날 제가 아이들에게 내주는 숙제는 바로 자신의 이름의 유래를 찾는 것입니다. 보통 한자 이름을 가진 아이들이 많은데 그 의미가 어떤 것인지 부모님들과 이야기를 해 보고 다음 날 발표해 보는 것이지요.

"선생님은 오얏 리, 기이할 기, 별 이름 규라는 이름이에요. 오얏나무 위에 떠 있는 기이한 별 하나란 뜻입니다."

이런 식으로 제 소개를 하면 아이들은 기이한 별이란 말에 킥킥거립니다.

"그래서 선생님이 이상하신 거군요."

누군가의 말에 저도 씩 웃습니다.

아이들이 원하는 호칭이 서로 익숙해지면 우리가 세상 사람들에게 부르는 호칭에는 무슨 문제가 없는지 함께 살펴보는 것도 좋습니다. 특히 차별과 편견이 많은 세상일 수록 사람들을 부르는 호칭에도 문제가 많기 때문입니다.

이삼 년 전 저는 서울시 교육청에서 발간한 다문화 이해 교육과 관련된 자료를 보고 깜짝 놀란 적이 있습니다. 그 책에는 너무나 친절하게 다음과 같이 표현되어 있었기 때문입니다.

올바른 용어 사용
이주 노동자 (X) ⇨ 외국인 근로자 (O)

이 책을 발간한 분들은 어떤 근거로 이주 노동자가 틀린 표현이라고 분명히 제시하고 있는 것일까요? 그분들은 실제 이주 노동자 분들과 한 번이라도 이야기를 해 본 적이 있었을까요?

예전에 저는 방글라데시에서 한국으로 이주한 분에게 호칭에 대해 물어본 적이 있습니다. '외국인 노동자', '이주 노동자' 또는 '외국인 근로자', '이주 근로자' 같은 호칭 중 어떤 말이 정말 이주 노동자 분들이 원하는 호칭인지 궁금하다고 말입니다.

혜미와 호칭에 대해 이야기를 나눈 뒤부터 저는 혹시 내가 누군가에게 호칭을 부를 때 어떻게 부를지 잘 모르겠다라는 생각이 들면 직접 그 당사자에게 물어보는 게 낫다는 생각을 하게 되었지요. 그래서 이분에게도 직접 물어보게 된 것이랍니다.

제 질문에 그 분은 아주 흔쾌히 그리고 분명하게 이야기했습니다.

"당연히 우리는 이주 노동자라고 부르는 것이 좋습니다."

어쩌면 그 책을 쓴 분들도 '이주 노동자가 맞나, 외국인 근로자가 맞나?'를 가지고 한동안 씨름했을 것입니다. 하지만 그 전에 누군가를 지칭하는 표현이 그 사람들에게 어떤 의미이고 그것에 대해 어떻게 생각하고 있는지에 대해 먼저 생각했었더라면, 적어도 그들에게 먼저 물어볼 여유가 있었더라면 더 좋지 않았을까? 하는 아쉬움이 듭니다.

이런 아쉬운 점도 많지만 한국 사회가 조금씩 변해 온 것도 사실입니다. 최근 들어 장애자라는 말 대신 장애인이라고 말하는 사람들이 더욱 많이 늘었고 편모 편부 가정이라는 말도 이제는 모두 한 부모 가정 등으로 부르게 되었지요.

하지만 아직도 우리들이 쓰는 말에는 차별적인 것들이

많습니다.

예를 들어 성 소수자를 가리키는 용어들 중에는 '호모', '변태' 등 노골적으로 혐오감을 드러내는 단어들이 있습니다. 그런데 이 밖에도 모르고 잘못 쓰는 경우도 있지요. 그 대표적인 것이 '동성연애자'라는 말입니다.

동성애자라는 말과 동성연애자라는 말은 그 자체에서 큰 차이가 있습니다. 이성애자를 이성연애자라고 말하는 사람이 없듯이 동성애자를 동성연애자라고 말하는 것은 잘못입니다. 모든 이성애자가 항상 연애를 하고 있는 게 아닌 것처럼 동성애자도 항상 연애만 하고 있지 않습니다. 동성애는 성적 취향의 차이를 나타내는 것일 뿐 그 사람의 삶 전체를 가리키는 말이 아니기 때문입니다. 그런데 동성애자를 동성연애자라고 부르는 것은 그 말 속에 성적 취향의 차이를 나타내는 것뿐만 아니라 마치 동성애자들은 모든 생활 속에서 항상 성적인 부분만 생각한다는 의미를 띄게 합니다. 한 글자 차이지만 차별적인 생각을 드러내는 것이지요.

어찌 보면 간단한 호칭인데 그게 무슨 큰 문제냐 하고 반문하는 분들도 있을 것입니다. 하지만 호칭에는 그 사회의 문화와 인권 현실이 그대로 반영됩니다. 어른들이 우리 아이들과 생활하면서 무심코 뱉는 말 속에 우리 사회가 가지는 차별적인 생각이 반영된다면 우리 아이들의 마음속에도 은연중에 그런 차별적인 생각들이 생겨나지 않을까요?

아이들에게 언제나 잘못된 말임을 알려 주고 고치라고 이야기해도 쉽게 고쳐지지 않는 말 중에 '애자'라는 말이 있습니다. 장애인을 비하하는 말이 바로 욕이 된 것이지요. 저는 아이들이 아무 생각 없이 '애자'라는 말을 쓸 때마다 지금까지 우리 사회에서 사라지지 않는 장애인에 대한 차별과 편견이 정말 뿌리 깊고 무섭구나!라는 생각이 들어 가슴이 먹먹해집니다.

그런 의미에서 저는 아이들이 편견이 드러나는 말을 할 때면 그 말이 어떤 문제가 있는지 알려 주는 것이 아주 중요한 일이라고 생각합니다. 더구나 아직 어른들보다 차별과 편견의 때가 덜 묻은 아이들에게 올바른 호칭이 왜 필요한가를 알려 주고 함께 차별적인 언어를 줄여 나가기 시작한다면 아이들이 서로를 부르는 말들도 편견과 차별이 아닌 애정과 격려가 더 많이 늘어나지 않을까요?

아이들은 어른들에게 배운다

'어린이는 어른의 거울이다'

이 말처럼 어른들 대부분이 알고 있지만 평소에 쉽게 망각하는 명언도 없을 것입니다. 저도 이 말을 쉽게 잊고 지내다가 아이들의 말 속에 제 말투가 그대로 튀어나오는 것을 보고 놀란 적이 한두 번이 아닙니다. 가정에서 부모님이 쉽게 내뱉는 말이나 행동을 아이들이 학교에서 그대로 따라 하기도 합니다.

10년 전 처음 발령을 받고 4학년 아이들 담임으로 생활하였을 때의 일입니다. 당시 저는 4학년 아이들의 네 번째 담임이었습니다. 첫 번째 담임선생님이 휴직을 하시고 중간에 기간제 선생님이 두 번 바뀌어 제가 네 번째 담임이 된 것이지요. 9월에 처음 발령을 받고 그것도 당장 담임을 맡아 수업을 해야 하는 입장이었던 저는 모든 게 낯설고 신기했습니다. 네 번째 담임을 보는 아이들도 새로운 선생님과 함께할 생활에 적응하려니 힘이 들었을 게 분명합니다. 그렇게 아이들이나 저나 정신없고 바쁜 생활을 막 시작하고 있을 때, 같은 학년 선생님 한 분이 교실로 찾아오셨습니다.

"이 반에 최진이라고 있죠?"

"네? 왜요?"

아직 아이들 이름과 얼굴이 잘 연결되지 않았던 때였지만 머리를 바짝 깎아서 마치 동자승처럼 보이는 외모에 장난기 가득한 싱글벙글한 모습이 인상적이었던 진이는 쉽게 이름이 외워지던 아이였습니다.

"그 아이, 아주 유명한 녀석이에요."

"네? 유명하다고요?"

"그 녀석 화가 나면 자기 담임선생님에게 쌍욕을 해 대는 녀석이에요."

"예? 설마요."

"선생님 전에 왔던 선생님이 그 녀석 때문에 울고불고 난리가 아니었다니까요."

"아니 도대체 뭐라고 했기에……."

사실 선생님의 이야기가 믿기지 않았습니다. 그 귀여운 얼굴로 선생님에게 험한 욕을 했다니, '아이들이 하는 욕이라고 해 봤자, 별거 있겠어.'라고 생각했던 나는 진이가 욕 대장이라는 선생님 말씀을 실감하기 어려웠습니다. 하지만 그 일이 있은 후 일주일도 안 되어서 진이가 왜 욕

대장이라고 불리게 되었는지 똑똑히 알게 되었습니다.

그날은 초가을 비가 쏟아지던 토요일이었습니다. 일찍 집에 가는 토요일인 데다 비까지 오는 날 청소 당번이 되는 것만큼 싫은 일이 있을까요? 진이는 그날 정말 청소하기가 싫었던 모양입니다. 그래서 아침부터 저에게 청소 당번을 바꾸면 안 되느냐고 몇 번을 말하였지만 마침 청소를 바꾸고 싶어 하는 아이들도 없었던 터라 진이는 별수 없이 청소를 해야 했지요.

그래서 진이는 한 가지 꾀를 내었습니다. 저 몰래 가방을 미리 복도에 빼 놓고 살금살금 도망가려는 속셈이었지요. 하지만 불행하게도 진이가 신발주머니까지 몰래 챙

겨 들고 복도를 막 벗어나려는 찰나 저에게 딱 걸리고 말
았습니다. 곧 진이는 저를 보고 눈이 동그래져서 그 자리
에서 줄행랑을 치기 위해 몸을 돌렸습니다. 하지만 진이
는 그럴 수 없었습니다. 제가 진이의 행동을 미리 눈치채
고는 진이의 오른손에 있던 우산을 덥석 잡았기 때문입
니다.

"이거 놔요!"

"안 돼, 넌 오늘 청소잖아. 청소하고 가."

이윽고 몇 분 동안 진이와 저는 우산을 잡은 채 한참
실랑이를 벌였습니다. 진이는 이러지도 저러지도 못하

는 상황에 처했습니다. 밖에는 비가 쏟아지니 그냥 우산을 내팽개치고 비를 쫄딱 맞으며 갈 수도 없고 그냥 청소를 하는 건 정말 싫었던 것입니다. 그 상황에서 제가 힘을 불끈 쥐고 우산을 잡은 손을 절대로 놓지 않을 기세를 보이자, 갑자기 진이의 얼굴이 딸기처럼 빨갛게 익기 시작했습니다. 그 순간 그 딸기 같은 얼굴에서 학교 건물이 떠나갈 정도로 큰 소리로 욕이 튀어나오기 시작했습니다.

정말 태어나서 지금까지 그렇게 오랫동안 입에 담지 못할 욕을 들어 본 것은 그때가 처음이자 마지막이었습니다. 심지어 저는 그 욕에 너무 놀라 그만 잡고 있던 우산을 놓치고 말았으니까요.

힘껏 우산을 잡아당기고 있던 진이는 그 바람에 나동그라졌습니다. 화가 머리끝까지 난 진이는 발딱 일어서서는 씩씩거리며 다시 주섬주섬 신주머니와 가방을 들고 교실 밖으로 빠져나갔습니다.

잠깐의 시간이 지나서야 퍼뜩 정신이 든 저는 아이를 그냥 보내면 안 되겠다는 생각에 재빨리 쫓아가 진이의 팔을 잡았습니다. 발버둥을 치며 저항하는 진이를 억지로 끌고 오다시피 교실로 데려왔습니다. 당연히 그 과정에서 아이의 욕설이 교실 전체를 찌렁찌렁 울렸지요.

저는 그 순간 여기서 아이에게 지면 안 되겠다는 생각이 들었습니다. 그래서 아이가 욕을 터뜨리는 소리보다 더 큰 소리로 아이에게 고함을 쳤습니다.

"네가 잘못을 해 놓고 어디서 욕이야! 사과하기 전에
절대로 못 갈 줄 알아!"

저는 아이를 칠판 앞에 세워 놓고 굳은 표정으로 의자
에 앉았습니다. 아이는 더 큰 소리로 계속 욕설을 내뱉었
지만 저는 꿈쩍도 하지 않았습니다. 마치 옆에 진이가 없
는 것처럼 제가 해야 할 업무들을 아무 소리 없이 했을
뿐이었습니다.

시간은 흘러 학교에 남아 있던 아이들도 모두 집으로
돌아가고 학교에는 저와 진이만 남게 되었습니다.

그렇게 세 시간이 흘렀습니다. 그동안 진이는 배가 고
팠을 것입니다. 저도 점심을 먹지 않고 실랑이를 벌이느
라 배에서 꼬르륵 소리가 났습니다. 아이를 힐끗 쳐다보
니 진이는 울고 욕하고 소리 지르기를 반복하느라 얼굴이
온통 눈물 콧물 범벅이 되어 있었습니다.

그러고도 30분이 더 지났습니다. 결국 진이는 저의 똥
고집에 기가 꺾인 것일까요? 진이는 조금 머뭇거리는 표
정으로 전에 보여 주었던 빨개진 얼굴로 저에게 이렇게
크게 소리쳤습니다.

"미, 미안하단 말이에요! 씨팔!"

저는 아이의 목소리를 듣고 웃음을 터뜨리려다 간신히
참았습니다. 사과하는 말에 욕이 섞이다니! 진이는 욕을

습관적으로 하는 아이가 분명했습니다. 저는 진이의 그런 모습에 더 이상 화를 낼 수가 없었습니다. 하지만 짐짓 굳은 표정으로 진이에게 이렇게 대꾸했습니다.

"사과를 하려면 가까이 와서 해. 멀리 떨어져서 무슨 사과야."

그러자 진이는 자리에서 훌쩍훌쩍 울기 시작했습니다.

"가까이 가기 무, 무섭단 말이에요, 씨팔!"

저는 아이의 이 말에 갑자기 픽 하고 웃음이 나왔습니다. 그리고 더 이상 아이 앞에서 굳은 표정을 지을 수 없었습니다. 그제야 아이의 눈물범벅인 얼굴도 눈에 들어왔습니다. 그렇습니다. 입에 담지 못할 욕들을 고래고래 내뱉었지만 사실 진이는 여리고 겁이 많은 아이였던 것입니다. 저는 아이에게 성큼 다가가 꼭 안아 주면서 눈물을 닦아 주었습니다.

"미안해, 진이야. 너 겁이 많이 났었구나? 네가 욕을 하니까 선생님이 몰랐잖아. 하지만 욕을 하는 건 나쁜 거야, 알았지?"

진이는 닭똥 같은 눈물을 흘리며 고개를 끄덕였습니다.

그렇게 한참 운 진이는 눈물을 훔치고 나서는 어느새 명랑해져 "안녕히 계세요." 하고 인사까지 꾸벅 하고는 집으로 향했습니다. 정말 입에 담지 못할 욕들이 울려 퍼졌던 복도에 이젠 아이의 또각또각 발소리만 들렸습니다.

진이와 있었던 이 일화는 제가 쓴 《보름달 학교와 비오의 마법 깃털》에서 〈토끼 교장의 비행접시〉라는 이야기의 소재가 되었습니다. 그 이야기 속 주인공 욕 대장 한솔이는 어느 날 주변 사람들이 자신의 욕 때문에 알아듣지 못하는 말들을 쓰는 것을 보고 놀라게 됩니다. 그리고 이후에 어떻게 하면 자신의 감정을 잘 표현하는 것인지에 대해 배우게 되지요. 박선미 님의 《욕 시험》이라는 책을 아이들과 읽어 본 후에 실제로 욕 시험을 치러 보는 것도 재미있습니다. 그리고 아이들에게 그 욕 대신 뭐라고 이야기하면 좋을지 생각해 보자고 이야기하는 일을 해 보면서 자연스럽게 욕을 줄이는 방법을 생각해 보는 것이지요.

　어쨌든 이 사건 이후 진이는 더 이상 저에게 욕을 하지 않았습니다. 하지만 개구쟁이 장난은 여전하였습니다. 한번은 교실에 남아 있다가 생기발랄한 표정으로 저에게 이렇게 말했습니다.

　"선생님! 제가요, 지난번 담임선생님한테 욕해서 그 선생님 울었어요."

　"이 녀석, 그게 자랑이냐?"

　저는 이렇게 말했지만 웃으면서 진이의 동그란 머리를 쓰다듬었습니다.

　"이젠 정말 욕 안 할 거예요."

　"그래, 그래야지. 그런데 진이 너는 누구한테 욕을 그렇게 배운 거야?"

"음……. 아빠한테서요."

저는 그 말을 듣고 가슴이 먹먹해졌습니다. '결국 아이들이 욕을 배우는 것도 바로 우리 어른들에게서구나!'라는 생각이 들었기 때문입니다.

아이들은 어른들이 생각하는 것보다 훨씬 더 많이 어른들의 생각이나 행동에 영향을 받습니다. 욕 하나만 봐도 그렇습니다. 아이들에게 어른들이 하는 욕을 들은 경험을 물어봤더니 아이들은 그 상황까지도 자세히 기억하고 있었습니다.

"우리 아빠는 운전대만 잡으면 XXX라고 욕을 해요."

"엄마가 파리채로 저 때릴 때 저에게 XXX라고 욕해요."

한번은 이런 일도 있었습니다. 아이들과 이주 노동자 인권과 관련된 문화 수업들을 한 차례 진행하고 난 뒤 일주일이 지났을 때 일입니다. 지난 주 수업할 때 발표도 잘하고 이주 노동자 분들이 어려운 처지에 있으면 함께 도와주고 차별하지 않겠다고 똑 부러지게 말했던 은선이가 갑자기 손을 들었습니다.

"선생님! 중국 사람은 다 나빠요?"

뜬금없는 질문에 저는 은선이에게 거꾸로 질문을 하였습니다.

"그게 무슨 이야긴가요?"

"우리 엄마가요, 우리 동네 중국 사람들이 만날 싸우고 범죄만 저질러서 우리 동네 땅값이 싸졌대요. 그래서 중국 사람들은 다 나쁜 놈들이래요."

저는 아이의 말에 숨이 탁 막혀 무슨 말을 해 줘야 할지 고민할 수밖에 없었습니다. 아이들은 몇 주간 수업한 내용을 한 번에 허물어뜨리는 말을 자신의 부모들에게서 듣고 있는 것입니다. 무심코 한 이야기가 아이에게는 차별 의식과 편견을 만들게 된다는 걸, 어른들이 안다면 이런 이야기를 하기 전에 좀 더 신중해야 되지 않았을까 하는 아쉬움이 듭니다.

한번은 학부모 총회 때 어느 부모님은 저에게 이런 걱정을 털어놓기도 했습니다.

"윤철이가 숙제할 때마다 텔레비전을 봐서 걱정이에요. 하라는 공부는 안 하고 드라마에 빠져서 숙제는 하는 둥 마는 둥이라니까요."

부모님의 말씀에 저는 보통 이렇게 물어봅니다.

"그럼 윤철이가 숙제를 할 때 부모님은 뭐하시나요?"

"저희요? 저흰 그냥 드라마를 보죠."

저는 그 말을 듣고 웃음이 터져 나오는 것을 간신히 참았습니다. 과연 이 부모님이 윤철이의 버릇을 고칠 수 있었을까요? 부모님이 텔레비전을 틀어 놓고 보고 있으면서 아이에게는 텔레비전을 보지 말고 숙제를 하라고 하면 아이는 과연 부모님 말씀을 잘 들을까요?

독서도 많이 하고 숙제도 열심히 하고 목욕도 자주 하는 아이를 원하신다면 부모님이 먼저 실천을 하고 아이에게 이야기하면 어떨까요? 아이들은 부모님의 행동에서 좀 더 많은 것들을 배우고 익힐 수 있지 않을까요?

학교에서도 마찬가지입니다. 아침 자습 시간에 아이들에게 독서해라, 왜 책을 안 읽느냐고 시끄럽게 잔소리하기보다 선생님이 정말 재미있다는 표정으로 책을 먼저 읽고 있다면 아이들도 그 책에 흥미를 가집니다. 함께 읽고 함께 나누는 생활을 하다 보면 습관은 자연스럽게 생기기 때문입니다.

한편 아이들이 꼭 배워야 할 것 중 어른에게 배우지 못한 것도 있습니다. 그것들 중 하나가 바로 사과하기입니다. 학교에서 보면 아이들은 미안해, 이 한마디도 내뱉기 어려워합니다. 고개만 푹 수그리고 아무 말도 못 하는 아이도 많습니다. 한번은 쉬는 시간에 싸움을 한 아이에게 그 이유를 물어본 적이 있습니다.

"왜 싸운 거니?"

"민수가 내 발을 밟고 그냥 가서 뭐라고 그랬더니, 어쩌라고? 하면서 그냥 가잖아요."

민수는 버릇없고 예의범절을 모르는 아이일까요? 아닙

니다. 아이들은 사과해 본 경험도 별로 없고 사과하는 방법도 잘 모릅니다. 그런데 생각해 보면 어른들 중에 아이들에게 미안하다고 정중하게 사과하는 사람 또한 거의 없는 것도 사실입니다. 우리 어른들은 사과하는 것이 매우 서툴기 때문이지요. 게다가 나이 어린 아이들에게 사과를 하는 것이기에 더욱 주저합니다. 그렇기 때문에 아이들은 어른들의 사과를 들을 수가 없습니다. 사과를 받아 보지 못한 아이들은 자신도 사과에 서툽니다.

만약 어른들이 아이들에게 마음에서 우러나오는 사과를 많이 했었다면 아이들도 자신 때문에 피해를 입은 친구들에게 정말 진심에서 우러나오는 사과를 할 수 있었을 것입니다.

그래서 저희 반에서는 잘못한 아이에게 잘못을 혼내기보다는 피해 입은 아이에게 직접 사과하라고 말합니다. 그것도 그냥 미안해가 아니라 왜 미안한지를 꼭 이야기하게 합니다. 사과를 받은 사람에게도 사과 덕분에 화가 풀렸는지 아니면 풀리지 않은 다른 문제가 또 있는지 물어봅니다. 사실 이런 과정은 참 지루한 과정입니다. 하지만 아이들이 이를 통해서 사과를 하는 방법뿐 아니라 왜 사과를 해야 하고 왜 자기 마음이 정확히 전달되는 게 필요한지에 대해 배울 수 있다면 꼭 필요한 일이기도 합니다.

인권 교육을 하다 보면 한국 사회에서 일어나는 인권

문제가 곧잘 사례가 되곤 합니다. 임금 체불과 사회적 편견에 고통받는 이주 노동자들의 문제, 장애 차별, 청소년들의 체벌 문제와 복장이나 머리 모양을 규제하는 문제 등이 등장합니다. 그래서인지 몇몇 분들은 인권 교육은 하필 우리 사회의 안 좋은 점만 사례로 들어서 이야기하느냐고 불평하기도 합니다. 아이들에게 희망적이고 좋은 이야기만 해야 한다는 뜻이지요. 그분들의 말씀에 수긍이 가면서도 제가 동의할 수 없는 건 아이들이 어른들이 원하는 대로만 보고 원하는 대로만 생각하는 존재가 아니라는 믿음 때문입니다.

우리 사회의 문제점들을 아이들이 보지 못하도록 가리고 미화한다고 해서 아이들이 그것을 보지 못하는 건 아닙니다. 이미 아이들은 어른들의 행동, 말투, 그리고 삶을 살아가는 태도 등을 배우고 있기 때문입니다. 그것은 좋은 말로 포장한다고 숨길 수 있는 문제가 아닙니다.

경제 만능주의, 경쟁 논리가 만연한 우리 사회에서 어른들이 우리 아이들에게 "요새 아이들은 자기만 알아. 이기적이야."라고 말할 수 있을까요? 피부색, 성별, 성 정체성, 직업, 학벌에 대한 차별이 만연한 우리 사회에서 어른들이 아이들에게만 "요즘 애들은 또래 애들하고 조금만 다르면 무조건 왕따를 시키는 무서운 아이들이야."라고 손가락질을 할 수 있을까요?

아이들은 언제나 어른들에게 세상을 배웁니다. 어른들이 포장한 예쁘고 아름다운 세상이 아니라 어른들이 피부로 접하고 느끼는 날것 그대로의 세상을 어른들을 통해 배우고 있는 것입니다. 인권 교육은 바로 그 세상을 예쁘고 아름답게 치장하는 교육이 아니라 이런 세상에도 아직 변화의 희망이 있다는 점을, 어떤 순간에도 사람들이 서로 '모든 인간은 소중하다.'는 사실을 잊지 말아야 하고, 그것을 위해 세계 인류가 모두 어깨동무를 해야 한다고 이야기합니다. 인권 교육은 아이들과 어른들 모두가 날것 그대로의 세상 앞에서 희망을 만드는 작은 실천을 함께하자는 제안입니다.

'어린이는 어른의 거울이다.'

이 말을 다시 생각해 봅니다. 이 말은 단순히 어른들이 아이들 앞에서 말과 행동을 조심하라는 것이 아닐 것입니다. 진실을 감추고 예쁘게 포장한 세상을 아이들에게 보여 주라는 말도 아닐 것입니다. 꾸미지도 미화하지도 않은, 거울에 비친 자신의 모습 그 자체에서 시작해서 조금씩 세상을 바꾸는 어른들의 모습을 보여 줄 때, 그리고 그 작은 실천들을 아이들과 마주 보면서 함께할 때, 아이들은 우리 못난 어른들이 만든 세상에서 조금씩, 조금씩 희망을 꿈꾸고 노래할 것입니다.

자유로운 공기 속에서 배움은 시작된다

"지금까지 해 본 수업 중에서 가장 마음에 드는 수업은 무엇입니까?"

누군가에게 이런 질문을 받으면 머릿속에서 8년 전 체육 시간이 떠오릅니다. 그 수업은 밤샘을 하며 온갖 자료를 만들어 준비한 공개수업도 아니고, 완벽한 수업 지도 안에 따라 발문을 잘했던 수업도 아니었습니다. 그 수업은 오히려 계획도 준비도 없이 즉흥적으로 시작된 수업이었습니다.

8년 전 저는 체육 교과를 전담했습니다. 5학년과 6학년 여러 반을 돌면서 체육 수업을 하는 것이었지요. 보통 초등학교에서는 담임이 아닌 교과 담당 선생님은 수업을 할 때 많은 어려움이 있기 마련입니다. 담임이 아니니 아이들과 친근함도 별로 없고 딱 한두 시간만 수업을 하니 아이들과 밀접한 관계를 갖기도 어렵기 때문입니다. 이런 이유로 교과 담당 선생님 수업은 소란스러운 경우가 많습니다. 그래서 많은 교과 선생님들이 첫 시간부터 엄한 표정을 지으며 수업을 하지만 결과는 신통치 않은 게 사실입니다.

제 체육 시간도 사실 별반 다르지 않았습니다. 아이들을 어떻게 하면 잘 통제할까 하고 여러 가지를 준비하면 아이들은 언제나 제 예상을 빗나가기 마련이었으니까요. 그런데 8년 전 그날 그 체육 시간은 설상가상으로 아이들이 싫어하는 교실 수업이었고 자신을 표현하는 걸 끔찍하게 싫어하는 고학년 아이들에게 반강제적으로 느낌이나 생각을 몸으로 표현해 보자고 졸라야 할 상황이었습니다.

교실로 향하는 동안 이미 제 머릿속에는 하기 싫은 내색을 하며 몇 번 흉내를 내다 그만두는 아이들 모습이 그려졌습니다. 결국 저 혼자 마치 미친 사람마냥 시범을 보이다가 그도 안 되면 화를 내며 수업을 마무리할 게 분명했지요.

"드르륵!"

문이 열리자 의자들이 치워진 빈 교실에 아이들이 옹기종기 모여 이야기를 나누는 모습이 보였습니다. 웅성웅성하는 소리가 가득 차서 제 이야기는 아예 들리지도 않을 지경이었습니다.

'나 참, 이 상황에서 어떻게 수업을 시작하지?'

아이들에게 화를 내고 집중 신호를 하는 등 몇 분을 허

비하면 그제야 아이들이 억지로 저와 눈을 마주치게 될
것입니다. 그런데 그때는 이상하게도 그렇게 수업을 시작
하는 게 너무나 싫었습니다. 하지만 무언가 뾰족한 수가
생각나지 않았지요. 한 3분 정도 고민을 하던 저에게 문
득 언젠가 읽었던 《루르 루돌프 슈타이너 학교》라는 책에
서 본 구절이 생각났습니다.

"나는 곧바로 하나의 마법을 발견했다. 그러고는 얼마
나 마음이 가벼워졌는지 모른다. 나는 손뼉을 치기 시
작했다. 그러면 어린이들도 따라서 손뼉을 쳤다. 그렇게
하지 않는 어린이는 한 명도 없었다."

_《루르 루돌프 슈타이너 학교 2》중에서

　'어떠한 지시나 명령도 없는데 교사가 손뼉을 치면 아이들이 정말 스스로 손뼉을 칠까?'

　그 책을 읽을 당시 저는 이게 정말 가능할까 하고 의심을 했었습니다. 혹시 기회가 되면 정말 그렇게 되는지 아이들에게 시험을 해 보고 싶다는 생각도 들었지요. 하지만 교사가 된 이후에는 그 책에 대해서는 까맣게 잊고 있었습니다. 그날 그 체육 시간 전까지 말이지요.

　'그래, 한번 속는 셈 치고 손뼉이나 쳐 보자.'

　이런 마음으로 저는 손뼉을 치기 시작했습니다. 어떻

게 손뼉을 쳐야 하는지 책에 나와 있지 않은지라 저는 그냥 무작정 손뼉을 쳤지요. 규칙적으로 그냥 아주 재미없는 박수였기에 아이들에게 따라 치라는 말도 없이 저 혼자 신 나게 손뼉을 쳤습니다. 조금 창피한 생각도 들었지만 꾹 참았지요.

그러자 잠시 후, 아주 놀라운 일이 일어나기 시작했습니다. 정말 아이들이 하나둘 손뼉을 치기 시작하는 것이었습니다. 아이들은 처음부터 저와 함께 손뼉을 치고 있었던 것마냥 아주 신이 나서 손뼉을 치기 시작했습니다. 그리고 곧이어 아이들의 입에서는 누가 먼저랄 것 없이 노래가 나오기 시작했습니다. 그 노랫소리에 저는 깜짝 놀라 뒤로 넘어질 뻔했지요.

"비 내리는 호남선 남행 열차에 흔들리는 차장 너머로……."

어떻게 해서 아이들이 손뼉을 치면서 남행 열차까지 부르게 된 것일까요? 사실 그때 저는 그 이유가 전혀 궁금하지 않았습니다. 저는 아이들과 함께 마치 여우에 홀린 사람처럼 신 나게 남행 열차를 불렀지요.

그렇게 신 나게 노래를 부르고 난 뒤 저의 두 눈에는 잔뜩 기대에 들뜬 눈동자로 저를 바라보고 있는 아이들의 모습이 눈에 들어왔습니다. 집중 신호도, 고함도, 잔소리도, 손 머리!란 말도 없이 말입니다. 순간 저는 숨이 막힐

듯했습니다. 그때 느낀 희열과 감동은 지금도 잊을 수가 없습니다. 저는 아이들 눈동자를 하나하나 바라보면서 뛰는 심장을 진정시키기 위해 침을 꿀꺽 삼켰습니다.

"오늘 우린 신 나는 기차놀이를 할 거야. 자, 모두들 한 줄로 기차를 만들어 보자!"

아이들이 제 말에 그렇게 신속하게 움직인 적은 한 번도 없었습니다. 아이들은 모두 한 줄로 기다란 기차가 되었습니다.

"우리 기차는 타임머신 기차야. 어느 시대로 갈까?"

"공룡시대요!"

한 아이가 소리쳤습니다.

"좋아, 우리 모두 공룡시대로 가는 거다! 출발!"

그렇게 한 시간 동안 저는 아이들과 신 나게 놀았습니다. 아이들은 자기 스스로 덩치 큰 공룡이 되기도 하고 로켓이 되기도 했습니다. 그렇게 한바탕 즐거운 놀이를 끝내고 나서 저는 마음속 답답했던 무언가가 뻥 뚫리는 것 같은 느낌을 받았습니다.

오늘 제가 계획했던 대로 아이들과 수업을 했더라면 아이들은 이렇게 신 나고 즐겁게 공룡으로, 원시인으로 변신할 수 있었을까요? 아마 그러지 못했을 것입니다. 아주 즉흥적으로 아무런 계획 없이 시작된 수업이었지만 지금까지 제가 경험한 어떤 수업보다 생생히 살아 있는 수업이었습니다. 그리고 이 수업은 저 스스로 깊은 반성을 하게 만든 수업이기도 했습니다. 지금까지 무언가 잘 전달해 주고 알려 주는 것만이 교육에서 중요한 목표라고 믿어 왔던 어리석은 저에게 아이들은 자신들이 이미 훌륭한 창조자라는 것을 몸으로 직접 보여 주었던 것입니다.

"어린이들은 어른의 생각대로 아무 말 없이 멀리 앉아서 무언가 받아들이는 식을 분명히 거부했다. 어린이들은 소비자가 아니라 생산자이다."

_《루르 루돌프 슈타이너 학교 2》 중에서

"그럼, 지금까지 본 수업 중에 가장 최고의 수업은 어떤 수업이었나요?"

만약 누군가 또 이렇게 질문한다면 저는 최고의 수업을 보여 준 최고의 선생님, 경미를 떠올릴 것입니다.

눈치채셨겠지만 경미는 교사가 아닙니다. 당시 열한 살이었던 초등학교 4학년 여자아이이지요. '초등학교 4학년 여자아이가 수업을?' 하고 의아하게 생각하실 분들도 계실 것입니다. 또 어떤 분들은 아이들이 조사 발표 수업을 한 것을 말하는 건가 하고 생각하실지도 모릅니다. 무슨 일이 있었는지 궁금하시지요? 사건은 9년 전으로 거슬러 올라갑니다.

그날은 아이들도 저도 지쳐 있던 한여름, 마지막 수학 시간이었습니다. 더운 여름 날씨에 지친 아이들은 책상에 낙서를 하거나 친구들과 잡담을 하고 있었습니다. 늘어질 대로 늘어진 기운 빠진 수업……. 그 상황에서는 아이들 귀에 아무것도 들어오지 않는 법이지요. 저도 아이들 심정은 이해가 되었지만 땀을 뻘뻘 흘리며 수업을 하는 저를 쳐다보지 않는 아이들이 원망스러웠고 급기야 슬슬 짜증이 나기 시작했지요. 그런 저의 마음을 아는지 모르는지 경미는 계속해서 공책에다 만화를 그리고 있었습니다. 제 짜증의 화살은 이때를 놓치지 않고 경미에게 향하였지요.

"경미야! 너 또 딴짓하냐?"

언제나 밝은 경미는 제 짜증을 눈치채지 못했는지 배시시 웃으며 이렇게 말합니다.

"오늘 배울 건 다 아는데요."

저는 그 말에 더 짜증이 났습니다.

"그래? 정말 정확히 안단 말이지?"

"네, 다 알아요."

눈을 말똥말똥 뜬 경미 얼굴을 보니 사실 할 말이 없었습니다. 하지만 그냥 질 수만은 없었지요. 그래서 저는 회심의 반격을 준비했습니다.

"그래? 그럼 다른 아이들에게 알려 줄 정도로 잘 알아?

선생님처럼 수업할 수 있을 만큼?"

　지금 생각해 보면 아주 유치하기 짝이 없는 대응이었지요. 저는 경미가 고개를 푹 수그리거나 아니면 고개를 절레절레 흔들 것이라고 생각하고 속으로 미소를 지었습니다. 그런데 경미의 대답은 달랐습니다.

　"네, 한번 해 볼까요, 선생님?"

　사실 경미의 꿈은 선생님이 되는 것입니다. 그때 경미는 아마도 선생님이 되는 간접 경험을 해 보는 것도 재미있겠다 싶었나 봅니다. 이유가 어떻든 경미가 이렇게까지 나오니 저도 물러설 수가 없었지요. 그래서 경미에게 수학 책을 쥐여 주고 아이들에게 이렇게 말했답니다.

　"경미가 선생님처럼 수업을 할 수 있다니까 지금부터 경미가 수업을 하도록 할게. 알겠지?"

　"예, 선생님!"

　순간 딴짓을 하던 아이들도 정신이 번쩍 들었는지 웅성거리기 시작했습니다.

　"자자, 모두 조용! 경미가 수업을 하는 건 처음이니까 잘 들어 주자."

　아이들의 목소리가 잦아들자 저는 경미를 보며 시작하라고 고개를 끄덕였습니다. 그러면서도 속으로는 이렇게 생각하고 있었지요.

　'기껏해야 몇 마디 하고 말겠지. 수업을 할 수 있겠어?'

이윽고 경미는 상기된 얼굴로 더듬더듬 말을 이어 갔습니다. 자신이 알고 있는 분수의 덧셈 방법을 이야기하기 시작했지요.

"그러니까 이렇게 통분하면 되는 거야."

경미의 말에 민기가 손을 번쩍 듭니다.

"방금 한 말 무슨 말인지 모르겠어. 다시 설명해 줘."

"그러니까 3하고 6하고 통분하는 거야. 그러면 6이 되잖아."

경미가 웃으면서 설명해 줍니다. 민기는 씩 웃으며 이렇게 말합니다.

"에이, 그게 어떻게 6이 되는 건데?"

그러자 민준이가 경미에게 이렇게 말합니다.

"구구단 3단을 외워 보라고 해. 그럼 되잖아."

경미는 그 말에 고개를 끄덕입니다.

"그러네."

경미가 배시시 웃습니다.

"하하하!"

아이들도 따라 웃습니다. 이렇게 화기애애하고 자유로운 수업 시간이 20여 분간 계속되었습니다. 아이들도 경미도 즐겁게 웃는데 저 혼자만 마치 얼어붙은 사람처럼 얼굴이 굳어져 있었습니다. 왜냐고요? 그때 저는 제 수업에서 볼 수 없는 자유로움과 행복함을 경미의 수업에서 보았기 때문입니다.

수업 시간에 질문하기는커녕 말하는 것도 부끄러워 주저했던 민기가 그렇게 질문을 많이 하는 모습을 저는 본 적이 없습니다. 모르는 것은 바로바로 묻고 틀린 답을 말해도 아무도 창피해하지 않습니다. 선생님 앞에서 틀리는 것이 아니라 친구인 경미 앞이기 때문입니다. 얼굴이 상기된 경미도 자기가 아는 한 아이들의 질문에 대해 자세히 답해 줍니다. 언제나 수업과 상관이 없는 엉뚱한 질문을 해 대던 동식이도 이번에는 똘망똘망한 눈으로 경미를 바라봅니다. 무엇보다도 아이들 모습에서 긴장감이나 딱딱함은 느껴지지 않습니다. 누구도 비난하지도 비난받지도 않고 자유롭지만 모두들 수업에 빠져 있는 모습……. 정말 행복한 수업이었습니다.

"헤, 더 이상은 어려워서 잘 못하겠어요."

20분쯤 지나자 경미가 미소를 지으며 저에게 수학 책을 건네줍니다. 그 순간 저는 망설였습니다. 이제 다시 얼어붙은 것처럼 경직되고 딱딱하고 재미없는 수업을 시작해야 하기 때문이었습니다.

경미의 수업은 완벽하고 훌륭한 수업은 아니었습니다. 게다가 경미는 다른 사람을 가르칠 만큼 수학 원리를 잘 알고 있지 못합니다. 하지만 경미가 수업을 한 그 20분 동안 아이들은 제가 가르친 것보다 더 많은 것들을 배우고 있었습니다.

그때까지 저는 미리 써 놓은 지도안대로 정확히 진행되고, 미리 훈련된 아이들이 정답만을 쏟아 내는 수많은 수업들을 보아 왔습니다. 그리고 그 수업들이 정말 훌륭한 수업이라는 믿음을 틀렸다고 생각해 본 적이 한 번도 없었습니다. 하지만 돌이켜 보면 그 훌륭한 수업들에는 경미의 수업 그리고 마음껏 남행 열차를 불렀던 체육 수업에서 느껴졌던 참다운 배움의 감동은 느껴지지 않았습니다. 왜였을까요? 그것은 바로 그 훌륭한 수업들에서는 자유와 행복이 묻어나지 않았기 때문이 아닐까요?

인권 교육 운동가들이 중요하게 생각하는 인권 교육의 원칙 중 하나가 "인권을 통한 교육"입니다. 인권 교육을 하기 위해서는 먼저 인권적인 환경이 주어져야 한다는 말입니다. 하지만 대다수 학교에서 이것은 지켜지지 않습니다. 가정에서도 마찬가지입니다. 최근 전국적인 일제 고사가 강제로 실시되고 나서부터 그러한 현상은 더욱더 심해지고 있습니다. 이제 선생님들이나 부모님들이나 아이들이 느껴야 할 배움의 즐거움과 행복함을 이야기할 여유가 없습니다.

"공부는 왜 해야 하나요?"

"세상에서 공부가 없어졌으면 좋겠어요."

아이들이 하는 말들을 들으며 저는 마음이 무겁기만 합

니다. 아이들은 지금 왜 배워야 하는가에 대한 답변조차 듣지 못하고 무조건 외워야 하고 그저 시험을 잘 보아야 할 뿐입니다. 그 속에서 고통받는 대다수 아이들에게 공부하는 즐거움과 행복은 사치일 뿐입니다. 공부는 그저 빨리 해치워 버려야 할 끔찍한 일이 된 것이지요.

심지어 인권 교육을 할 때에도 무조건 교육하면 된다고 생각하는 사람들이 많습니다. 그래서 인권 교육 운동가들 대부분이 가장 곤혹스러웠던 인권 교육 경험을 말하라고 하면 보통 다음과 같이 이야기를 들려줍니다.

"아이들 200여 명이 일렬로 죽 늘어선 강당에 들어오면 먼저 숨이 막혀요. 게다가 학생부 부장 선생님이 아이들에게 차렷, 열중쉬어! 하며 고함을 지르고 윽박지른 다음에야 '너희들에게 인권이 뭔지 알려 주실 귀한 분이야. 자 모두 박수!' 하며 저를 소개하죠. 그 순간부터 인권 교육은 망친 것이나 다름없지요."

사실 인권을 통한 교육은 단지 인권 교육에만 국한되는 것이 아닙니다. 어떤 교육이든 자유와 존중, 그리고 평화가 거세된 교육이라면 그것은 참된 배움이라고 말할 수 없기 때문입니다. 그러므로 인권을 통한 교육은 교육을 시작하기 위한 기본적인 조건이 되어야 합니다. 또 교육을 시작하기 전에 먼저 인권의 눈으로 우리 아이들을 바라보아야 합니다. 우리 아이들의 진정한 배움은 그 속에서 싹을 틔우게 될 것이니까요.

이 글을 쓰는 지금도 책상 위에 수북이 쌓인 성취도 평가 시험지를 바라보며 마음이 무거워집니다. 아이들에게 강제로 똑같은 지식을 주입하고 평가하며 그것을 교육이라고 말하는 야만은 언제나 끝이 날까요? 자유로운 공기를 맘껏 들이마신 아이들의 초롱초롱한 눈빛은 이제 다시 볼 수 없는 것일까요?

이런 답답함이 가슴속에 가득 차면 한동안 아무것도 할 수 없습니다. 하지만 다시 기운을 내자고 스스로를 다짐해 봅니다. 그것은 제가 8년 전 겪었던 그 사건, 벅찬 가슴으로 아이들 눈빛 하나하나를 행복하게 바라보았던 감동의 순간을 결코 잊을 수 없기 때문입니다. 그 눈빛들을, 그 가슴 떨림을 우리 아이들과 저 자신에게 다시 찾아 주고 싶기 때문입니다.

꿈꾸지 않으면

"꿈꾸지 않으면 사는 게 아니라고 별 헤는 맘으로 없는 길 가려네……."

하루 수업을 마치고 나면 아이들과 저는 이 노래를 부릅니다. 아이들은 큰 소리로 고래고래 목청껏 부르기도 하고 작은 목소리로 입만 뻐끔거리기도 합니다. 하루 종일 저에게 잔소리를 들었던 아이들도, 정신없이 수업과 잡무에 시달리던 제 마음도 이때만큼은 마음이 편안해집니다. 노래로 하루를 정리하는 것은 다른 반에 좀 방해가 될 수 있어도 아이들과 제가 하루를 마무리할 때 모든 걸 홀홀 털고 미소를 지으며 집으로 갈 수 있다는 점에서 하루의 마무리로 노래를 부르는 것을 선택하게 되었습니다.

저뿐만 아니라 사람들 대부분은 모든 일이 마무리가 잘 되기를 바랍니다. 그래서 인생에서도 성공적인 시작보다는 성공적인 마무리가 더 중요하다고 이야기하나 봅니다. 그런데 교육은 어떨까요? 교육에서 좋은 마무리는 어떤 것일까요?

교육은 백년지대계라고 하지만 학교에서 지내는 시간은 평생 길어야 겨우 10분의 1밖에 안됩니다. 그중 초등교육은 불과 6년밖에 안 되고 한 선생님과 만나는 시간은 1년뿐입니다. 아주 짧은 만남이지요. 하지만 교사 입장에서 아이가 자신과 함께하는 1년 동안 혹시 안 좋은 영향을 받지는 않을까 하고 노심초사하는 것은 어쩔 수 없는 일인 듯합니다.

발령을 받고 처음 맡은 4학년 아이들 중에 선미는 의협심도 강하고 친구들이 나쁜 짓을 하면 참지 못하는 성격이었습니다. 선생님들에게 친근하고 싹싹하게 굴어 모두들 귀여워하는 아이였지요. 선미를 5학년으로 올려 보낸 후 저는 2년 동안 군 복무를 해야 했기 때문에 선미 소식을 들을 수 없었습니다. 제대하고 나서야 아이의 소식을 들었지요. 6학년 때 선미의 담임이었던 선생님을 우연히 만나게 된 거였습니다.

"선미가 6학년 올라와서 많이 변했어요. 선생님들에게도 반항만 하고 나쁜 아이들과 놀러 다니고 중학교 가서도 안 좋은 소문만 돌아요. 좋은 아이였는데 제가 잘못 가르친 것 같아 마음이 안 좋네요."

6학년 때 선미의 담임을 맡았던 선생님의 마음은 아주 무거워 보였습니다. 저는 "선생님 탓이 아니에요. 너무 자책하지 마세요."라고 위로했지만 그 선생님의 자책감은 쉽게 해결될 수 없었지요.

그 선생님의 고민처럼 6학년 1년의 학교생활이 정말 선미를 변화시킨 것일까요? 아니면 단순히 선미의 사춘기 방황 탓일까요? 저도 무엇이 진실인지 잘 모릅니다. 어쩌면 선미의 마음을 힘들게 한 상처들은 그 이전에 시작되었는지도 모릅니다. 하지만 가르친 아이들에 대한 안 좋은 소식들을 듣게 되면 선생님들 대부분은 자책감을 가질 수밖에 없습니다. 그래서일까요? 6학년 아이들과 졸업을 앞두고 있는 저의 가장 큰 바람도 아이들이 아무런 상처 없이 건강하고 행복하게 무사히 졸업하는 것이 되어 버렸습니다. 1년 동안 아이들과 함께한 선생님들에게 좋은 마무리란 제 바람처럼 아이들을 아무 사고 없이 무사히 상급 학년으로 올려 보내는 것일까요?

가끔 연세가 많으신 교장, 교감 선생님들이 들려주는 제자 이야기에는 출세하거나 성공한 이야기들이 대부분입니다. 학교 다닐 땐 개구쟁이였지만 지금은 대기업에 다닌다거나 뭐 그런 식이지요. 사실 당신이 지금까지 가르친 아이들 수백 명 중 대다수 아이들은 그리 출세하거나 성공하지 못했을 게 분명한데도 말이에요.

그런데 제자 중에 나중에 커서 출세를 하거나 성공한 제자들이 없다면 내 교육은 실패한 것일까요? 그냥 평범

한 노점상으로, 월급쟁이들만 있다면 선생님의 교육은 의미가 없는 것일까요?

예전에 대안 교육에 대한 다큐멘터리를 본 적이 있었습니다. 그 다큐멘터리는 외국의 대안 학교를 소개하면서 그 학교 출신들이 나중에 의사, 판사 등 사회에서 중요한 역할을 하는 이른바 성공한 사람들이 되었다는 말로 끝을 맺었지요. 저는 그 방송을 보면서 불편한 마음을 감출 수 없었습니다.

기존 교육에 대한 새로운 가치를 주장하는 대안 학교의 효과가 기존 교육이 추구하는 것과 같다는 게 정말 자랑할 만한 것인가 하는 생각 때문이었지요. 만약 그 대안 교육을 받은 친구들이 그냥 평범하게 산다면 아니면 이른바 그 사회의 경쟁에서 살아남지 못한 패배자가 된다면 그 교육은 실패했다고 할 수 있을까요?

내가 가르치는 동안은 아무 사고 없이 무사히, 그리고 나중에 커서는 성공한 사람이 되면 더 좋은……, 이것이 우리가 추구해야 할 최선의 마무리일까요? 만약 그렇다면 저의 교육은 실패투성이라고 해야 할 것입니다.

몇 년 전 군대를 갓 제대한 제자를 만났습니다. 제대한 뒤 아르바이트를 해서 번 돈으로 저녁 식사를 대접하겠다고 연락을 한 것이지요. 공부방 교사와 학생으로 처음 만났을 때 동수는 초등학교 1학년이었고 저는 대학교 1학년이었습니다. 그렇게 지금까지 16년간 알고 지내 온 것입니다. 그중 8년 정도는 제가 직접 가르쳤으니까 저는 동수의 인생에서 가장 긴 시간 동안 영향을 끼친 교사임이 분명합니다.

동수는 공부방의 풀기 어려운 숙제였습니다. "우리 공부방 교육의 성공과 실패는 동수에게 달렸다."라는 말이 있을 정도로 동수는 많은 선생님들의 고민이었고 선생님들은 아이가 좀 더 나은 삶을 살아가기를 바랐습니다.

그 마음은 저도 마찬가지였습니다. 지난 16년 동안 저는 동수와 만나 오면서 조바심과 일종의 의무감으로 동수를 대했습니다. 때로는 엄하게 야단을 치기도 하고 때로는 자상하게 달래 보기도 했지요. 동수가 공부방에 오지 않을 때에는 집이나 오락실을 돌면서 억지로 끌고 올 때도 있었습니다. 사춘기가 되어 녀석이 좋아하는 여자아이에게 말 한 번 제대로 걸지 못할 땐 은근슬쩍 연애 상담도 해 주었고 심리 치료가 필요하다고 여겨 상담 센터에 문의를 하여 상담 프로그램을 받게도 했습니다. 혹시 동수의 자신감 부족이 어눌한 발음 탓은 아닌가 하여 발음 교정에 열을 올리기도 했습니다.

하지만 동수는 크게 달라지지 않았습니다. 제 부족함 때문인지 텔레비전이나 책에 나오는 감동적인 스승과 제자의 기적 같은 건 동수에게 일어나지 않았습니다. 동수는 결국 고등학교 3학년 때 퇴학을 당하고 홀로 계신 어머니의 잔심부름이나 하며 살게 되었지요. 그러다 군대를 갔고 최근에 제대를 한 것입니다.

"검정고시 준비한다더니 잘 돼 가니?"

제 물음에 동수는 고개를 갸웃거리면서 이렇게 말하더군요.

"너무 힘들어서요. 초등학교 4학년 수학 문제도 어렵더라고요. 그냥 보험회사 시험 준비하고 있어요."

동수는 이렇게 말하고 보험회사 시험 문제지 두 권을 꺼냈습니다. 동수의 말에 저는 기가 찼지요. 다른 사람은 군대 가서 사람 된다고 하더니 동수는 군대를 다녀와도 전혀 변화가 없으니 말입니다.

"그래, 그 회사는 고등학교 졸업도 안 했는데 취직시켜 준대?"

"학력은 상관없다던데요? 시험만 잘 보면 된대요."

세상 물정 모르는 녀석의 천진한 대답에 저는 말문이 막혔습니다. 그래서 일부러 짓궂게 이렇게 말했습니다.

"초등학교 4학년 문제도 못 풀면서 그 시험은 잘 보겠냐? 너, 사칙연산도 잘 못하잖아."

"시험문제엔 계산 안 나와요. 그리고 저도 덧셈, 뺄셈은 다 해요."

녀석이 약간 억울하다는 듯이 말합니다.

"그럼, 곱셈, 나눗셈은? 보험회사에 가면 보험료 계산도 해야 하는데 어떡할 거야?"

그러자 동수는 천연덕스럽게 이렇게 대답하더군요.

"그거야 계산기 쓰면 되죠, 뭐."

"하하하, 네 말이 맞다."

동수의 대답에 저는 그만 웃음을 터뜨리고 말았습니다. 듣고 보니 녀석의 말이 옳았기 때문입니다.

사칙연산도 못하면 이 거친 세상에서 살아갈 수 없다는 제 조바심과 달리 동수는 무사태평입니다. 사실 동수는 태어나서 스물네 살이 될 때까지 거친 세상을 헤치며 그렇게 살아왔습니다. 생각해 보면 저는 언제나 공부를 못하면, 말이 어눌하면, 고등학교도 졸업하지 못하면 이 험한 세상에서 결코 살아남을 수 없다고 단정하고 있었지만, 동수는 지금까지 24년 동안 자기 방식대로 삶을 살아왔고 또 살아갈 것이 분명합니다.

아이들은 자기 나름의 방식으로 삶을 살아가고 있지만 그것을 바라보는 어른들은 항상 불안해하고 조급해합니다. 그것은 아마 아이들의 지금 모습을 보면 그 아이의 미래가 그려지기 때문일 것입니다. 그래서 아이들에게 틈만 나면 잔소리를 하게 됩니다. 아이들에게 부모님이 하는 잔소리는 뭐가 있는지 물어본 적이 있습니다. 그때 아이들은 이렇게 답해 주었지요.

"우리 아빠는 제가 공부 안 하고 있으면 '이렇게 공부를 안 해서 앞으로 뭐가 되려고 하니?' 해요."

"우리 엄마는 제 시험지 보고 '이 따위로 하다간 지하철에 있는 노숙자가 되고 말 거다.'라고 했어요."

"저도요, '그냥 공부 때려치우고 공장에나 가서 일이나 해라!'라고 할 때도 있어요."

어른들 대부분은 아이들의 현재 모습이 걱정스러워 격려나 믿음을 나타내기보다는 아이에게 미래에 대한 공포심을 심어 주는 방법을 택합니다.

그런데 이런 잔소리들이 이상하게도 아이들에겐 제대로 먹히지도 않을뿐더러 효과적이지도 않습니다. 오히려 아이들은 미래를 위해 열심히 하기는커녕 자기 능력의 한계를 알고 포기해 버리는 경우가 많습니다. 왜냐고요? 아이들에 대한 어른들의 걱정과 조바심은 10년 후 20년 후를 바라보고 있지만 아이들은 당장 눈앞에 있는 고민을 안고 살아가기 때문입니다. 결국 미래에 대한 두려움만 심어 주는 것은 아이들에게 큰 상처가 됩니다.

5년 전, 6학년 때 만난 세연이는 친구들 사이에서는 조금 공격적이고 날이 서 있지만 어른 앞에서는 지나치게 주눅 든 아이였습니다. 그 또래 아이들처럼 연습장에 만화 그리기를 좋아했고 공책에다 소설을 쓰기도 했습니다.

한번은 아침 자습 시간에 무언가를 쓰고 있는 것을 보

고 세연이에게 다가갔습니다. 살펴보니 판타지 소설을 쓰고 있더군요. 저도 고등학교 시절 공부는 안 하고 소설 쓰기에 몰두하다가 선생님에게 호되게 혼난 경험이 있어 옛날 기억을 떠올리며 미소를 지었지요.

"뭘 그렇게 쓰고 있어요? 한번 봐요."

세연이는 쭈뼛거리며 공책을 보여 주었습니다. 거기에는 열 장가량 쓴 이야기가 적혀 있었습니다.

"재밌네요. 조금만 다듬으면 좋은 소설이 될 것 같은데요. 잘 써 봐요. 대신 공부 시간에는 쓰지 않는 건 잘 알고 있죠?"

"네."

세연이는 고개를 끄덕였습니다. 저도 6학년 때 글쓰기에 재미를 붙였던 적이 있는지라 세연이에게 소설 창작과 관련된 책도 보여 주곤 했습니다. 그리고 다른 학교로 전근을 간 저는 3년이 지난 뒤에 우연히 인터넷에서 세연이의 블로그를 발견했습니다. 그 속에서 다음과 같은 글을 발견했습니다.

…… 초5 담임선생님이 진짜 정말 잘 그리지 못하는 것은 알고 있는데 저 보는 앞에서 그림에 대해 뭐라 하면서 그림을 박박 찢었을 때, 그때 이후로 만화가라는 꿈을 접고 아무 꿈도 없었어요. 그냥 아무 생각 없이 '커

서 결혼해서 애 낳고 살아야지.' 뭐 대략 이런 생각? 그런 생각만 하고 살았는데 초6 때 우연히 〈룬의 아이들〉이라는 소설을 접하면서 소설에 재미를 붙이고 글을 쓰기 시작했고, 초6 선생님이 제 글을 읽고는 조금만 글을 더 다듬으면 정말 소설가가 될 수 있겠다고 하면서 소설 쓰는 방법에 관한 책이나 조언을 해 주셨는데……

세연이의 글을 읽고 저는 많은 생각을 하게 되었습니다. 세연이의 꿈이 만화가였다는 사실도 그때 처음 알게 되었지요. 그리고 세연이가 5학년 선생님이 한 행동 때문에 자신의 꿈을 바꿀 만큼 큰 상처를 받았다는 것도 알게 되었습니다.

아마 5학년 때 담임선생님이나 저나 세연이가 잘되기를 바라는 마음은 전혀 다르지 않았을 것입니다. 어쩌면 그 선생님은 공부 시간에 만화 그리기에 몰두한 세연이에게 따끔한 경고를 하고 싶었을지도 모릅니다. 만약 저도 예전에 소설을 쓰다 선생님에게 호되게 당한 일이 없었다면 소설을 쓰는 세연이에게 5학년 때 그 선생님이 한 것처럼 큰 상처를 주었을지도 모릅니다. 생각해 보면 저도 지금까지 아이들의 미래를 단정지으며 두려움을 갖게 만드는 일을 해 왔기 때문입니다.

어쩌면 우리 어른들이 정말 아이들을 위해 해야 할 일

은 먼 미래에 대한 불안감으로 아이들을 숨 막히게 만드는 것이 아니라, 지금 이 순간 하루하루 세상과 부딪히며 싸우며 커 가는 아이들 옆에서 가만히 손을 잡아 주는 일일지도 모릅니다. 그리고 우리 교육의 목적은 우리 아이들이 세상에서 성공한 사람이 될 수 있도록 만드는 게 아니라 어떤 시련 앞에서도 꿈을 키울 수 있고 희망을 노래할 수 있도록 도와주는 게 아닐까요?

식사를 마치고 한사코 자신이 밥값을 계산하겠다는 동수에게 저는, "아르바이트 월급 모아서 나에게 밥이나 사지 말고 공부하는 데 보태라."고 말하고 녀석을 힐끗 쳐다봅니다. 이미 저보다 머리 하나는 더 크게 자란 동수의 얼굴이 이상하게 믿음이 갑니다. 스물네 살 나이에 아직껏 변변한 직장 없이 당구장 아르바이트를 하며 하루하루 살아가는 그가 이상하게 더 이상 걱정되지 않습니다. 오히려 그의 인생을 앞으로도 가만히 응원해 주고 싶다는 생각이 듭니다.

"제대했다고 게으름 피우지 말고 운동 좀 해라."

이미 자기 나름의 방식으로 세상과 부딪히며 살아가고 있는 동수에게 선생님이라는 사람은 여전히 초등학교 1학년 때 했던 잔소리를 되풀이하고 말았지만, 이미 듬직해진 동수의 등을 바라보며 이내 미소가 그려집니다.

어떤가요? 16년 동안 동수와 만나면서 해 왔던 제 교육은 실패라고 해야 할까요? 누가 뭐래도 저는 그렇게 생각하고 싶진 않습니다. 동수가 앞으로도 성공과 거리가 먼 삶을 살 게 분명해도 그의 현재를 저는 계속해서 응원해 주고 싶습니다. 그리고 앞으로도 동수가 삶의 어려움을 잘 헤쳐 나갈 것이라는 근거 없는 믿음도 포기하고 싶지 않습니다.

사실 16년이라는 시간 동안 제가 동수에게 알려 준 수많은 공식과 지식 들은 지금 저나 동수의 기억 속에는 하나도 남아 있지 않습니다. 하지만 지금도 동수에게 제가 편하게 어리광을 부릴 수 있는 선생님으로 남을 수 있다는 것, 그리고 저에게도 동수는 언제나 잔소리 대상이지만 여전히 가장 아끼는 제자라는 사실만은 그대로 남을 것 같습니다. 그 정도라면 작은 성공이라고 할 수 있지 않을까요?

세연이나 동수 그리고 제가 가르친 모든 아이들이 지금처럼 자신들의 삶을 잘 헤쳐 나갈 것이라는 별로 근거 없는 믿음으로 저는 오늘도 수업을 마치면 아이들과 함께 힘차게 노래를 부릅니다.

"꿈꾸지 않으면 사는 게 아니라고 별 헤는 맘으로 없는 길 가려네……."

교육에서 가장 좋은 마무리는 '가르치는 동안은 아무 사고 없이 무사히, 그리고 나중에 커서는 성공한 사람이

되게 만드는 것'이 아니라 삶을 포기하지 않도록 하는 아름다운 꿈을 하나씩 가슴에 품게 하는 것이라고 믿기 때문입니다.

듣기의 어려움

　선생님 한 명이 서른 명이 넘는 아이들과 함께하는 교실에서뿐 아니라, 아이와 부모만 있는 가정에서도 아이들과 대화를 나누는 것은 쉽지 않습니다. 물론 여기서 말하는 대화란 학교나 가정에서 부모님들과 선생님들이 아이들에게 지시하거나 단순한 사실을 전달하기 위해 말하는 것을 이야기하는 것이 아닙니다.

　진짜 대화. 즉 서로를 이해하고 감정을 공감하기 위해 상대방과 말을 주고받는 시간은 하루 스물네 시간 중 몇 시간이나 될까요? 그리고 어른들은 아이들이 자신의 생각을 말하고 자신의 감정을 이해해 달라고 신호를 보낼 때 얼마나 많은 시간을 들여 그 이야기를 듣고 있는 것일까요?

　"여러분은 하루 중 부모님과 얼마나 많은 대화를 나누나요?"

　서른한 명인 저희 반 아이들에게 이렇게 질문해 보았

습니다. 한 시간 이상 대화를 나눈다는 친구가 한 명입니다. 30분 정도 대화를 한다는 경우는 다섯 명 정도 됩니다. 지시와 전달, 하루 일과 보고 같은 의미 없는 말들을 빼면 그 수는 다시 절반으로 줄어듭니다. 어른들과 10분도 이야기하지 않는 아이들이 반 이상이었습니다.

학부모를 대상으로 하는 강연 자리에서 아이들과 얼마나 대화를 나누는지 질문을 해 보더라도 마찬가지입니다. 한 시간 정도 이야기한다는 분들은 한두 분에 불과합니다. 그중에 이제 중학교 아이를 둔 어떤 어머니는 자신은 이야기를 하고 싶어서 아이가 학교에서 돌아오면 이것저것 물어봐도 아이는 귀찮다는 표정으로 언제나 아무 말도 없이 자기 방으로 가고 만다고 불만을 터뜨립니다.

"그래 이야기해 봐. 네 불만이 뭔데?"

아이들에게 이렇게 이야기하면 대다수 아이들은 입을 다뭅니다. 왜 그럴까요? 아이들의 침묵이나 불만 가득한 표정이 그냥 투정이라고 생각하면 그만일까요? 오히려 어른들이 아이들의 말을 듣겠다고는 말하지만 결코 진심으로 듣지 않는 건 아닐까요?

인권적인 학급을 만드는 데 중요한 것 중 하나가 아이들이 언제나 자신의 생각과 감정을 쉽게 표현할 수 있는 환경을 만드는 일입니다. 적극적으로 듣기는 바로 아이들이 자신의 생각과 느낌을 표현하기 위한 가장 기본적인 환경을 만든다는 점에서 중요합니다.

사실 이렇게 누차 강조하지 않아도 듣기의 중요성에 공감하지 않는 사람은 거의 없습니다. 그래서 대다수 대화법 관련 책들을 살펴보면 듣기의 중요성을 빼먹는 책은 하나도 없습니다. 그런데 이런 책들을 읽은 부모님들이나 선생님들이 가장 마음대로 안 되는 것 중 하나가 바로 듣기입니다. 그냥 듣기만 하는 게 뭐가 힘들어? 하고 생각하는 분들도 있겠지만 사실 서로의 감정을 이해하고 그 감정을 공감하며 듣는 것은 매우 힘든 과정입니다.

저 또한 처음 상담이니 대화법을 공부하면서 잘 듣는다는 것은 누구나 할 수 있는 일이라고 손쉽게 생각하고 있었습니다. 그런 제가 듣기가 정말 어렵다는 것을 피부로 알게 된 것은 군 복무를 할 때 있었던 작은 경험 때문이었습니다.

교사로 첫 발령을 받고 1년 반이 지난 후에야 저는 군대를 가게 되었습니다. 스물여덟 살, 늦은 나이에 가게 된 군대였지요. 다행히 여유가 있는 보직이라 상병이 되고서부터는 자유롭게 책을 읽을 수 있었고, 휴가 때마다 틈틈이 사 모은 상담법이나 대화법 책들을 읽으면서 교실로 돌아가 아이들을 만날 날만 기다리고 있었지요. 하지만 지시와 명령만이 있는 군대에서 책을 통해 배우게 된 상담이라는 것을 실제로 해 볼 기회는 좀처럼 오지 않았습니다.

그러던 어느 날, 같은 내무반에서 생활하던 후임병과 함께 근무를 서야 하는 일이 생겼습니다. 스무 살 초반인 그는 가정 형편도 어려웠고 몸도 약한 탓에 언제나 어두운 인상이었고 그 때문에 선임병에게 혼이 많이 나기도 하였습니다. 또 가끔씩 죽고 싶다는 말도 하였기 때문에 부대에서 눈여겨보는 관심 사병이었지요.

그런 친구와 우연히 한 시간 반이라는 시간 동안 단둘이 근무를 서게 된 것이었습니다. 저는 이 기회에 그 친구의 고민을 들어 보겠다는 결심을 하게 되었지요. 마침 《칼 로저스의 카운셀링의 이론과 실제》라는 책을 막 읽은 터라 칼 로저스의 비지시적 상담 방법을 이 친구에게 적용해 보려고 생각했던 것입니다.

'그래 한번 책에서 말하는 대로 이야기를 들어 보자.'

칼 로저스니 비지시적 상담이니 들먹였지만 사실 저의 생각은 거창한 상담을 해 보자는 것이 아니라 단순히 이야기를 듣는 동안 온 힘을 다해 듣기만 할 뿐 다른 어떤 평가나 충고를 하지 말자고 다짐했던 것이 다였습니다.

이렇게 해서 초보 상담가와 관심 사병의 첫 만남은 얼렁뚱땅 이루어지게 되었습니다. 저는 상기된 얼굴로 초소에 나란히 들어가자마자 그 친구에게 이렇게 말을 걸었습니다.

"너, 요새 힘들다며? 내가 오늘 한 시간 반 동안 네 이 야기를 다 들어 줄 테니까 한번 네 힘든 이야기를 좀 해 봐라."

지금 생각해 보면 상담이라고 생각할 수도 없는 막무가 내식 요구라서 부끄러울 따름입니다. 하지만 그 당시 이 친구는 제 황당한 요구에도 말문을 열 만큼 이야기를 들 어 줄 상대가 필요했었나 봅니다.

그 친구는 잠시 머뭇거리다가 기다리고 있던 저를 한참 바라보더니 띄엄띄엄 자신의 이야기를 늘어놓기 시작했 습니다. 깊은 밤 풀벌레 소리만 들리는 조용한 초소에서 그 친구의 목소리가 조용히 들리기 시작했습니다.

20분쯤 시간이 지나자 드디어 문제가 생기기 시작했습 니다. 그 친구가 말을 그만두거나 혹은 다른 사건이 생겨 서 대화가 중단되었기 때문이 아닙니다. 문제는 저에게 있었습니다. 그 친구의 이야기를 듣고 있노라니 가슴속 깊은 곳에서 해 주고 싶은 말이 목구멍까지 차올랐기 때 문입니다. 아무 충고도 조언도 없이 그냥 듣기만 해야 하 다니……. 답답하고 미칠 것 같았지요.

게다가 또 한 가지 문제는 그 친구의 추상적인 고민을 내 문제인 양 듣고 있노라니 너무나 우울해지고 그 친구 의 현실이 갑갑해지기 시작했던 것입니다. 하지만 이미 그 친구와 약속을 해 놓은 터라 저는 이러지도 저러지도 못한 채 안절부절 얼굴에 식은땀이 날 정도였습니다.

하지만 제 상황을 알 리 없는 그 친구는 말문이 열리자마자 거침없이 이야기를 계속 이어 가기 시작했습니다. 그리고 '내 인생 앞뒤에 커다란 쇠사슬이 묶여 있다.'라는 한 문장으로 쉽게 이야기할 수 있는 고민을 장장 한 시간 반 동안 저에게 늘어놓은 것입니다.

이야기가 끝나기 막판 10분 동안은 정말 참기 어려웠습니다. 심지어는 오른손에 들고 있던 소총의 공포탄이라도 쏘아 대서 이 친구의 말을 멈추고 싶다는 상상까지 하게 되었지요. 다행히 정확히 한 시간 반이 지나고 나서 다음 보초를 서는 근무자가 오고 나서야 저는 안도의 한숨을 쉴 수 있었습니다.

그때 저는 처음으로 아무 말 없이 충고나 비판, 자신의 의견을 철저히 배제한 채 한 사람의 이야기를 집중하며 듣는다는 것이 이렇게 얼마나 어려운 일인가를 절절히 느낄 수 있었습니다.

그렇게 어려운 근무를 끝내고 내무반으로 돌아오는 길에 그 친구는 환한 미소를 지으며 저에게 이렇게 말했습니다.

"이 병장님하고 이야기를 하니까 마음이 무지 후련하고 즐거웠습니다. 다음에 근무 설 때도 이 병장님과 다시 근무를 서고 싶습니다. 감사합니다."

그 친구는 자기 이야기를 들어 주는 것만으로도 마음의 상처가 조금은 치유되어 가는 듯 보였습니다.

그때 만약 그 친구가 하는 말을 중간에 가로막으며 되지도 않는 충고를 늘어놓았다면 어땠을까요? 정말 저와 나눈 대화가 지금처럼 그 친구에게 평온함을 가져다줄 수 있었을까요? 저는 그 친구에게 미소를 지으며 고개를 끄덕였습니다. 하지만 마음 한구석에서는 불안감이 엄습해 왔습니다.

'이 친구가 정말 또 같이 근무를 서자고 하면 어쩌지?'

제 마음속에 그런 마음이 생긴 것은 바로 한 시간 반 동안이 정말 어렵고 힘든 시간이었기 때문입니다. 다행인지 불행인지 그 친구와 함께 한 근무는 그것이 마지막이었습니다. 지금 생각해 보면 그때 '내가 좀 더 적극적으로 그 친구의 이야기를 들어 주었다면 더 좋지 않았을까.' 후회도 됩니다.

학교에서는 제가 겪은 일처럼 한 시간 반 이상 이야기를 들어 주는 경험은 거의 일어나지 않습니다. 하지만 짧은 시간이라도 아이의 이야기에 귀를 기울이며 적극적으로 듣는 것을 시작한다면 아이들과 선생님 사이의 관계는 달라질 것이 분명합니다.

그럼 적극적인 듣기는 어떻게 하면 좋을까요? 먼저 아이들과 눈을 맞추고 동등한 위치에서 아이의 이야기를 들는 것이 중요합니다.

눈을 맞추고 이야기하면 잘 드러나지 않는 아이의 감정을 읽을 수 있습니다. 하지만 학교에서는 아이들과 눈을 마주치는 일이 많지 않습니다. 특히 아이들이 잘못이라도 한 뒤라면 언제나 아이들은 고개를 푹 숙인 채 선생님 앞으로 나옵니다. 만약에 아이들 중에 고개를 쳐들고 자신을 바라보는 아이가 있다면 많은 선생님들이 당황하거나 화를 내기도 합니다.

"어디서 눈을 똑바로 뜨는 거니, 응?"

이런 호통을 치는 게 대부분이지요. 그러면 아이들은 십중팔구 고개를 푹 수그립니다. 그 순간 선생님은 아이의 눈 속에서 표현되는 슬픔, 분노, 기쁨, 주저함, 두려움들을 읽을 수 없게 됩니다. 그래서 저는 아이들과 일대일 면담을 할 때 언제나 아이들이 고개를 들고 내 눈을 보며 이야기할 수 있도록 합니다.

두 번째는 아이의 이야기가 끝날 때까지 아이의 말을 가로막지 않고 집중해서 듣는 것입니다. 이때 혹시 아이들의 생각이나 감정이 말도 안 되거나 비윤리적이거나 혹은 자신과 생각이 다르더라도 그대로 듣습니다. 그냥 듣는 게 아니라 집중해서 듣는 것입니다. 사실 눈을 마주치는 것까지는 그리 어렵지 않습니다. 하지만 집중해서 듣는 것은 쉬운 일이 아닙니다. 온 신경을 집중해서 이야기를 듣지 않으면 아이의 마음을 이해할 수 없기 때문입니다. 그 과정에서 분명 아이에게 해 주고 싶은 말들이 목구멍까지 치밀고 올라올 게 분명합니다. 아이의 잘못된 생각이나 오해 들을 바로잡아 주어야겠다는 생각을 하게 되기 때문이지요. 그 유혹을 떨치지 못하고 중간에 아이들의 말을 끊게 되면 아이가 하고 싶은 감정의 표현도 끊어지게 됩니다.

하지만 꾹 참고 듣다 보면 아이의 감정을 훨씬 더 구체적이고 깊게 이해할 수 있습니다. 그리고 말하기 전에 이미 아이 스스로 해답을 갖고 있는 경우도 많습니다. 그럼 아이들은 왜 교사에게 말을 하는 걸까요? 그것은 아래의 예처럼 교사에게 방법을 묻는다기보다는 자신의 감정을 이해해 달라고 말하는 경우가 많기 때문입니다.

"우리 아빠는 저 보고 만날 공부만 하래요."

"시험공부 하나도 못 했어요. 어쩌죠."

이런 아이들의 메시지를 바쁜 업무 때문에 무시하지 말고 아이의 마음을 받아들여 줄 작은 여유만 있다면 아이와 교사의 관계는 좀 더 평화롭고 행복한 관계가 되지 않을까요?

그런데 대화는 단순히 말을 주고받는 것만을 뜻하지는 않습니다. 만약 시험을 보고 집으로 온 아이를 보자마자, 엄마가 이렇게 말했다고 생각해 봅시다.

"너 시험 잘 봤어? 어떻게 봤어? 응?"

이렇게 꼬치꼬치 캐묻는데 아이는 아무 말 없이 자기 방문을 쾅 닫고 들어가 버립니다. 엄마는 황당하면서도 아이에게 미안한 마음과 또 다른 걱정이 생길 게 분명합니다. 그렇지만 엄마와 아이의 대화는 한동안 이루어지지 않을 게 분명합니다. 여기서 우리는 잘 듣기란 단순히 아이의 말을 듣는 것을 말하는 게 아님을 알 수 있습니다. 아이는 집으로 돌아오는 얼굴 표정에서 이미 엄마에게 이야기를 하고 있었던 것입니다.

"시험을 망쳐서 화가 나."

"시험 결과가 나쁠까 봐 불안해."

"엄마가 시험 결과 때문에 실망하실까 봐 걱정돼."

"와, 이제 시험이 다 끝나서 살 것 같아."

아이들과 대화를 시작하려면 꼬치고치 캐묻는 방법보다는 그냥 아이 스스로 이야기를 할 때까지 기다려 주는 게 더 좋은 방법일지도 모릅니다. 아니면 "오늘 수고했다."라는 말 한마디가 아이들에게는 대화를 시작하게 만드는 씨앗이 되지 않을까요?

대화를 단순히 말이 오가는 것이 아니라고 생각한다면 학교에서도 좀 더 다양한 방식의 대화 방법들을 찾아낼 수 있습니다. 특히 저학년 아이들과 함께 할 수 있는 방법으로 '얼굴 표정 그리기'가 있습니다.

먼저 눈 코 입이 그려져 있지 않은 얼굴 틀을 아이들과 함께 만들어 봅니다. 그런 다음 얼굴 모양 위에 비닐을 씌우거나 코팅을 해서 수성 펜이나 색연필 등으로 쉽게 쓰고 지울 수 있도록 만드는 것이지요. 아이들이 너무 어려서 얼굴 모양을 잘 만들지 못하면 선생님이 도와주어도 상관없습니다. 완성이 되면 모둠별로 벽에 붙여 놓고 매일 아침에 학교에 와서 자신의 기분에 따라 얼굴 표정을 그리는 것입니다. 그리고 수업 시작하기 전에 선생님은 함께 얼굴 모양에 그려진 표정을 보며 아이들이 표현한 오늘 하루의 기분에 대해 이야기를 나누는 것입니다.

이 프로그램은 아주 간단히 아침 자습 시간에 할 수 있고, 아이들이 매우 좋아합니다. 말하기가 서툰 아이들도 자신의 생각과 감정을 손쉽게 나타낼 수 있기 때문입니다.

처음 시작할 때에는 저도 아이들이 잘 표현할지 반신반의했지만 의외로 아이들은 매우 다양하게 얼굴 표정들을 그리고 솔직하게 자신의 감정을 표현했습니다. 이 프로그램을 통해서 저는 아침부터 수업에 집중하지 못하는 아이, 계속 심술부리는 아이들이 왜 그러는지를 보다 쉽게 알 수 있었습니다.

한번은 4학년 수미가 자신의 얼굴 표정에 눈 대신 하트 모양을 그리고 웃고 있는 표정을 그려 넣은 적이 있습니다. 재미있는 그림이라 이유를 물어보니까 수미는 수줍게 웃으며 이렇게 말했습니다.

"오늘 아침에요. 학교 오다가 아주 잘생긴 오빠를 봤거든요."

수미의 발그레한 얼굴을 보며 저는 같이 미소를 지어 주었습니다. 만약 이 프로그램을 하지 않았다면 제가 그날 아침 수미의 설렘을 알아차릴 수 있었을까요?

또 이런 일도 있었지요. 하루는 제가 아침에 이 프로그램을 마치고 나서 수업 시간에 아이들에게 화를 많이 낸 적이 있었습니다. 아이들의 숙제며 준비물 등이 엉망이었고 교감 선생님과 언쟁을 한 일 때문에 이미 화가 나 있었기 때문입니다. 그렇게 화를 내고 아무 생각 없이 수업을 하고 난 뒤의 일입니다. 셋째 시간이 시작될 때 저는 교실 벽에 붙여 놓은, 아이들이 그린 얼굴 표정 그림을 우연히 보게 되었습니다. 그리고 저는 그만 할 말을 잃고 말았습니다.

아침에는 분명히 밝게 웃고 있던 아이들의 그림이 어느새 화난 얼굴로 울고 있는 얼굴로 바뀌어져 있었기 때문입니다. 그 모습을 보면서 저는 오늘 아이들에게 너무 많이 화를 냈다는 것을 알게 되었습니다.

선생님이나 부모님은 언제나 아이들의 생각을 궁금해합니다. 하지만 아이들이 자유롭게 생각과 느낌을 말할 수 있는 기회는 많이 열려 있지 않습니다. 좀 더 기다려

주고 더 많은 방식으로 자신을 나타낼 수 있도록 기회를
열어 준다면 조바심을 내지 않아도 아이들은 어른들에게
먼저 이야기를 하지 않을까요? 그때가 바로 진짜 대화의
시작일 것입니다.

말 속에 숨은 목소리를 들어라

아이들과 첫 만남을 하고 한 달이 지나면 아이들은 저에게 와서 참새처럼 재잘거립니다. 단순한 농담도 툭툭 던지지만 자기 집 이야기, 자신보다 공부 잘하고 잘난 척하는 동생 이야기, 부모님 때문에 짜증나거나 실망했던 이야기를 늘어놓습니다.

그런 이야기를 듣고 있으면 어떨 땐 흥미진진해지기도 하고 어떨 땐 가슴 한구석이 찡해지기도 합니다. 하지만 아쉽게도 바쁜 업무 시간에는 아이들과 대화를 나눌 여유가 별로 없습니다. 그럴 때마다 미안한 생각이 듭니다. 그래서 교실에서 시작한 것이 간단히 타로 카드로 점을 봐주는 것이었습니다.

타로 카드로 점을 보다 보면 보통 아이들이 감추고 있는 고민들을 쉽게 드러냅니다. 굳이 어렵게 캐묻지 않아도 아이들은 남자 친구와 사귀는 문제, 외모와 미래에 대한 걱정같이 어른들에게는 쉽게 드러내지 않는 고민들을 털어놓습니다. 이렇게 감추어진 아이들의 고민을 진지하게 듣다 보면 아이들의 삶에 한 발 더 다가갈 수 있고 어려운 대화의 물꼬를 트는 데도 효과적입니다. 물론 타로 카드가 모든 걸 해결해 주진 않겠지만 아이들이 고민을 털어놓고 상담할 수 있는 기회를 마련해 준다는 면에서 의미가 있습니다.

인권 교육을 위한 교사 모임에서 특별히 아이들과 함께 하는 일 중에는 '일일 데이트'라는 것도 있습니다. 말 그대로 하루 동안 선생님의 데이트 상대가 되는 것이지요. 하루 동안 선생님과 같이 점심도 먹고 이야기도 나눕니다. 점심을 먹고 간단히 차 한잔을 마시면서 이야기도 하지요. 물론 모든 아이들이 하루에 한 명씩 돌아가면서 일일 데이트를 하게 됩니다. 아이들은 그 속에서 좀 더 선생님과 가까워지고 선생님도 아이들을 더욱 이해할 수 있습니다.

그런데 이렇게 타로 카드나 일일 데이트처럼 특별한 프로그램을 만들지 않아도 아이들의 이야기를 집중해서 듣고 그 속에 숨어 있는 메시지를 잘 파악한다면 짧은 시간에도 어른들은 아이들의 속내를 잘 살필 수 있습니다. 아이들의 말 속에 숨은 메시지를 찾아야 한다고 생각하게 된 건 3년 전에 있었던 한 사건 덕분입니다.

3년 전 3월 2일, 새 학기 첫날이었습니다. 아이들과 첫

인사를 하고 설렘과 기대감으로 시작한 첫날 첫 시간을 마치고 난 쉬는 시간이었습니다. 갑자기 복도 쪽이 시끄러워 밖으로 나가 보니 우리 반 여자아이가 뺨을 손으로 가린 채, 주저앉아 울고 있는 것이 보였습니다. 그리고 그 옆에는 처음 보는 남자아이가 조금은 억울한 표정으로 우두커니 서 있었습니다.

두 아이의 사건을 먼저 목격하고 제지한 것은 옆 반 선생님이었습니다.

"아 글쎄 저 녀석이 여자애가 지나가는데 얼굴을 다짜고짜 때리지 뭐예요."

선생님은 흥분한 목소리로 남자아이를 바라보며 말했습니다. 남자아이는 고개를 푹 수그렸지만 얼굴에는 불만이 가득해 보였습니다. 여자아이의 얼굴을 살펴보니 다행히 붓거나 상처가 나진 않았지만 갑자기 당한 일이라 충격이 큰 것 같았습니다.

"제가 한번 이야기를 해 볼게요."

저는 이렇게 이야기를 한 뒤 두 아이를 데리고 교실로 들어갔습니다. 아무 짓도 하지 않은 친구에게 다짜고짜 얼굴을 때리다니……. 게다가 맞은 아이가 우리 반 아이인지라 저도 화가 났습니다. 하지만 한편으로는 남자아이가 갑자기 이런 행동을 한 이유가 궁금하기도 했습니다. 그래서 저는 남자아이(이름이 '경민'이었습니다)를 야단치

기 전에 우선 왜 그런 행동을 했는지 물어보기로 마음먹
었습니다.

"왜 때린 거예요?"

저의 물음에 경민이는 조금 긴장된 얼굴로 말했습니다.

"민희가 절 보고 바보라고 놀렸단 말이에요."

그러자 민희가 발끈해서 외쳤습니다.

"내가 언제? 언제 그랬는데?"

저는 화가 난 민희를 진정시킨 후 다시 경민이에게 물
었습니다.

"그래, 민희가 언제 바보라고 놀린 거죠?"

"쟤가 작년 여름에 놀이터를 지나가고 있는데 갑자기
바보라고 놀렸단 말이에요."

저는 경민이의 대답에 기가 찼습니다. 어제 있었던
일도 아니고 작년 여름에 있었던 일로 아이를 때리다
니…… 그때 제가 만약 평소와 같이 "다 지난 일 가지
고 때리다니 말이 돼?" 또는 "말도 안 되는 변명 하지 마
라!"라고 엄하게 이야기했다면 아이의 태도는 별로 달라
지지 않았을 것입니다. 그런데 그 순간 저는 우연히 경민
이의 눈을 보았습니다. 그리고 그때 적어도 이 아이가 거
짓말을 하거나 변명하기 위해 둘러대는 것은 아니라는 걸
알아차렸지요. 그래서 저는 이렇게 말했습니다.

"아무 잘못도 하지 않았는데 민희가 바보라고 놀려서

속상했겠군요."

제가 이 말을 마치자마자 경민이의 눈에서 눈물이 주르륵 흘러내렸습니다. 저는 그 모습을 보고 깜짝 놀랐습니다. 경민이의 마음속에는 아직도 작년 일의 상처가 남아 있었다는 사실을 알게 되었기 때문입니다.

저는 경민이의 마음을 달랜 후 서로 사과할 것들을 이야기해 보자고 제안했습니다. 자신이 맞은 것 때문에 화만 내던 민희도 경민이의 울음에 조금은 당황한 듯 보였습니다. 이윽고 민희는 작년에 놀린 일을 그리고 경민이는 자신이 때린 일을 사과했습니다.

이렇게 일이 해결된 후 경민이는 저를 보면 언제나 반갑게 인사를 했습니다. 이후에도 경민이는 장난도 잘 치고 개구쟁이인지라 다른 선생님에게 이름이 오르내렸지만 저에게는 언제나 예의 바른 아이였습니다. 만약 제가 경민이의 눈빛을 보지 않았다면 경민이의 감정을 눈치챌 수 있었을까요? 경민이의 말을 단순히 변명이라고 생각하고 그 말 속에 있는 진실에 민감하지 않았다면 경민이와 저는 장난꾸러기와 엄한 선생님으로만 남지 않았을까요?

우리 아이들의 이야기 속에 숨어 있는 뜻을 잘 파악하기 어렵다면 자의적으로 판단하거나 해석하지 말고 아이의 느낌이나 생각을 확인하거나 그냥 솔직히 물어보는 것도 좋은 방법입니다.

"우리 아이 때문에 걱정이에요."

몇 년 전 인권적인 대화법에 대한 강연을 마치고 난 뒤의 일이었습니다. 중학교 아이를 둔 한 어머니가 저에게 도움을 청했습니다.

"요새 사춘기라서 그런지 이야기를 잘 안 하려고 하고 가족들하고 같이 외출을 하는 것도 싫어해요."

아이와 이야기를 많이 하고 싶다는 이 어머니는 이러다 아이가 삐딱해지지는 않을까 걱정이 가득했습니다.

"너무 아이에게 이것저것 묻기보다는 아이가 스스로 이야기할 때까지 기다리시는 것도 좋아요. 혹시 아이가 먼저 이야기를 한 적은 없나요?"

제 물음에 어머니는 한숨을 푹 쉬었습니다.

"지난번에 이런 일이 있었어요. 저녁에 아이가 갑자기 저에게 전화를 걸었지요. 예전에는 전화를 먼저 건 적이 한 번도 없었는데 말이에요."

"평소에 말도 잘 안 하는 아이가 말이지요? 그래, 아이가 뭐라고 했나요?"

"아이가 저에게 '엄마! 돈가스 좀 만들어 줘.'라고 말하더군요. 아이가 전화를 해서 어렸을 때처럼 엄마에게 뭘 만들어 달라고 하니까 정말 기쁘더라고요."

"그렇겠네요. 그래서 뭐라고 하셨나요?"

"아이에게 패밀리 레스토랑 같은 데 가서 돈가스보다 훨씬 맛있는 걸 사 먹자고 했지요. 그랬더니 싫다는 거예요."

어머니는 이렇게 말을 하고는 다시 한숨을 쉬었습니다.

"결국 나가서 사 먹자, 싫다 이런 식으로 옥신각신하게 되었어요. 그러다가 급기야 저는 화를 내며 '밖에서 외식 안 하면 돈가스도 없어!'라고 고함을 질러 버렸지요. 도대체 우리 애는 왜 이렇게 밖으로 나가는 걸 싫어하는지 모르겠어요."

저는 잠시 고민을 하다가 어머니에게 이렇게 물어보았습니다.

"음……, 그런데 아이가 어머니에게 왜 돈가스를 만들어 달라고 한 것일까요?"

당연할 것 같은 이 질문을 제가 한 이유는 사실 이 질문 속에 문제를 해결할 열쇠가 있기 때문입니다.

아이가 돈가스를 해 달라고 한 이유는 무엇 때문이었을까요? 단순히 갑자기 돈가스가 먹고 싶어서였을지도 모릅니다. 아니면 오랜만에 엄마가 손수 만들어 주신 맛있는 음식이 먹고 싶었는지도 모릅니다. 그것도 아니면 엄마가 돈가스를 만드는 것을 이리저리 지켜보고 자신이 따라 해 보고 싶었기 때문일지도 모릅니다.

사실 사람들의 말 속에는 다양한 의미들이 내포되어 있습니다. 그런데 보통 어른들은 아이들의 말을 '으레 이럴 것이다.'라고 마음대로 판단해 버리는 경우가 많습니다.

"네가 하는 말이 다 그렇지.", "네가 원래 집에만 틀어박혀 있고 싶어서 그런 소릴 하는 거지?"라고 말입니다. 하지만 아이 생각을 부처님 손바닥처럼 뻔히 다 알고 있다고 자신하는 어른들도 아이들에게 일어나는 순간순간의 감정과 느낌 그리고 생각들을 다 알 수는 없을 것입니다.

만약 아이에게 "돈가스가 먹고 싶어서 그러니?"라고 부드럽게 물어보거나 아니면 "엄마가 해 주마. 어떤 돈가스를 해 줄까?"라고만 했어도 대화가 훨씬 좋게 끝났을 것입니다.

어떨 땐 아이들이 하는 말이 다른 의미를 띠기도 합니다. "지금 몇 시예요?"라고 묻는 말에는 단지 시간을 확인하는 것만이 아니라 배고픔이나 지겨움이 담겨 있을 수도 있습니다. 이렇게 숨겨진 의미를 잘 찾으면 아이들과 빚는 갈등도 쉽게 풀어 갈 수 있습니다.

지금은 초등학교 6학년이 된 조카 승완이가 네 살 때 일입니다. 토요일 오후 김이 모락모락 나는 수제비를 온 가족이 먹었어요. 승완이는 할머니가 만들어 주신 수제비가 제일 맛있다며 한 그릇 뚝딱 해치웠습니다. 모두들 즐겁게 식사를 끝냈지요.

문제는 그 이후에 생겼습니다. 30분쯤 지나서 한참 즐겁게 놀던 승완이가 갑자기 할머니(저의 어머니)에게 졸라대기 시작했습니다.

"할머니, 수제비 또 해 줘."

"그래 다음에 또 해 먹자."

어머니는 조용히 웃으며 대답했습니다.

"아니! 아니! 지금 또 해 줘, 응?"

"방금 먹었잖니? 이제 밀가루도 다 떨어졌어."

누나가 거들었지만 조카 녀석은 꿈쩍도 안 했습니다.

"가게 가서 사면 되잖아. 수제비 빨리 해 줘, 응?"

조카 녀석의 난감한 요구에 가족들은 모두 어찌할 바를
몰랐습니다.

"이 녀석이! 어디서 생떼야, 네가 어린애야?"

누나가 따끔하게 혼을 냈어요. 하지만 승완이는 자기
엄마가 혼내는 것도 귀에 들어오지 않는지 아예 울음을
터뜨리고 자리에 드러누워 버렸습니다.

"흑흑! 먹고 싶단 말이야. 흑흑! 먹고 싶어, 수제
비……."

가족들은 아이가 울기까지 하자 의견이 분분했습니다.
그냥 밀가루 사 와서 만들어 주라는 아버지 말씀에 누나
는 버릇 나빠진다고 그냥 놔두면 괜찮을 거라 했지만 아
이의 울음은 그치지 않았어요. 급기야 어머니가 저를 불
렀습니다.

"얘야, 안 되겠다. 네가 한번 이야기 해 봐라."

그래도 교사라고 저보고 해결하라는 것이었지요. 저도

사실 난감했지만 그냥 볼 수도 없어서 조카에게 다가갔습니다.

"승완아. 수제비가 그렇게 먹고 싶어?"

"흑흑! 응."

승완이의 우는 얼굴을 보자 저는 차마 화를 낼 수가 없었습니다. 어떻게 할지 머리를 굴려 보다가 문득 갑자기 기발한 생각이 들었어요. 저는 승완이를 무릎에 앉혀 놓고 이야기하기 시작했습니다.

"그럼, 우리 수제비를 한번 만들어 볼까?"

"삼촌, 정말?"

아이의 눈이 이내 반짝거렸습니다.

"그래, 우선 커다란 솥이 있어야겠지. 자 이만한 솥으로 하자."

"그럼, 모두 못 먹잖아. 큰 솥으로 해, 큰 솥!"

저는 웃으며 허공에다 다시 커다란 솥을 그렸습니다. 사실 승완이는 자기 혼자 먹고 싶다는 게 아니라 가족 모두와 함께 먹고 싶어 했던 것입니다.

"자, 그다음에 밀가루가 있어야 해. 거기다 물을 이만큼 넣고 자, 이제 반죽해야지."

조카와 저는 허공에서 눈에 보이지 않는 밀가루 반죽을 주무르고 있었습니다. 그동안 어느새 아이는 눈물을 뚝 그쳤지요.

"자, 물이 다 끓었다. 이제 수제비 떼어 넣자!"

"응, 삼촌!"

조카와 저는 재미있는 놀이를 하는 것처럼 신이 났지요. 정말 팔팔 끓는 솥에다 수제비를 넣는 것처럼 말입니다. 그리고 어느새 상상의 수제비 한 그릇이 뚝딱 생겼습니다. 조카와 저는 그것을 아주 맛나게 먹었습니다. 상상 속에서지만 후루룩 소리까지 냈지요.

그런데 신기하게도 승완이는 그 이후에 수제비를 해 달라고 조르지 않았습니다. 행복한 표정으로 동생 옆에서 잠이 들었습니다.

잠자는 조카를 보면서 아이가 원했던 것이 단지 수제비만이 아니었구나 하는 생각에 미안한 마음이 들었습니다. 어쩌면 아이들의 투정은 어른들에게 자신의 감정을 알아 달라고 보내는 메시지인지도 모릅니다. 특히 나이가 어린 아이일수록 자신의 생각을 표현하는 것이 쉽지 않습니다. 그럴 때 아이들과 이렇게 상상 여행을 떠나 보는 것도 좋은 방법입니다.

누군가의 이야기에 귀를 기울인다는 것은 단순히 이야기의 내용을 이해하는 것이 아니라 말 속에 숨어 있는 사람들의 감정과 느낌을 공감하는 것을 말합니다. 그런데 많은 어른들은 지금까지 아이들의 이야기에 귀를 기울이지 못했습니다. 또 어떨 땐 도덕적인 판단 때문에 아이들의 느낌이나 감정을 부정하기도 합니다. 다음 대화를 한 번 살펴보세요.

"우연아, 오늘따라 왜 그리 침울하게 보이니? 무슨 안 좋은 일이라도 있었어?"

"나는……, 살인자예요."

"그게 무슨 말이냐? 네가 살인자라니? 말도 안 돼."

(우연이 울기 시작한다.)

"그만 울어, 착하지. 무슨 일이 있었던 거니, 응?"

"혼자 있고 싶어요."

"그러지 말고 우연아, 선생님에게 이야기를 좀 해 보렴."

"……"

우연이는 울음을 터트리고 더 이상 대답을 하지 않았습니다. 도대체 우연이에게 어떤 일이 생긴 것일까요? 물론 우연이가 누군가를 죽이는 끔찍한 짓은 하지 않았을 것입니다. 하지만 지금의 대화만으로는 우연이가 어떤 고민을 하고 있는지 알아차릴 수 없습니다. 사실 우연이가 자신을 살인자라고 말한 것은 자신이 키우던 햄스터 때문이었습니다. 우연이는 자신이 먹이 주는 걸 깜박해서 어미 햄스터가 갓 태어난 새끼를 물어 죽였다고 생각했고, 그 때문에 충격과 죄책감을 동시에 느끼고 있었던 것입니다. 차라리 선생님이 "음……, 무슨 심각한 문제가 있었나 보네." 정도의 반응을 보이고 감정을 바꾸려고 노력하기보다 함께 공감하고 있음을 보여 주었다면 우연이는 스스로 말문을 열었을 것입니다.

아이들은 어른들과 나누는 대화 속에서도 언제나 동등한 입장이 아닙니다. 아이들은 말을 할 기회도 별로 없고 툭하면 무시당합니다. 그 속에서 아이들은 말을 할 때마다 언제나 주눅이 들거나 아니면 자기 생각을 감출 수밖에 없습니다. 아이들에게 말을 하도록 보채기 이전에 아이들이 자신의 다양한 생각을 표현할 수 있도록 기회를 주고 그 말들을 충분히 공감하기 위해 귀를 기울인다면 아이들은 어른들에게 훨씬 더 비밀스럽고 신비한 이야기를 열어 놓을 것입니다.

어른들이 아이들의 말을 존중한다는 것은 단순히 말을 이해한다는 것을 넘어서 아이들의 말 속에서 느껴지는 기쁨과 슬픔, 망설임과 떨림을 공감하고 그 속에서 동등한 한 사람의 인간으로서 마음을 주고받는 것이 아닐는지요.

영혼의 눈을 가리는 편견

지하철을 타게 되면 으레 저는 지하철 사람들을 바라보는 습관이 있습니다. 지하철을 타고 내리고, 앉거나 선 사람들을 바라보면 얼굴 하나하나, 표정 하나하나 새롭지 않은 것이 없기 때문입니다. 하품을 하는 사람, 신문을 보는 사람, 대화를 하거나 휴대전화를 쓰는 사람부터 지하철 열차 칸을 오가며 물건을 파는 사람까지 생김새도 저마다 가진 사연도 다 다를 게 분명합니다. 이처럼 다양한 사람들이 타고 내리는 지하철은 마치 세상의 축소판처럼 보입니다. 그래서인지 지하철을 타고 만나는 사람들의 말과 행동은 저에게 새로운 고민을 안겨 주기도 합니다.

7년 전 반 아이들과 지하철을 타고 현장학습을 갔을 때 겪은 일입니다. 아침부터 지하철을 타고 놀이동산으로 현장학습을 간다는 사실에 아이들은 들떠 있었습니다. 지하철 안에서는 너무 큰 소리로 떠들지 말자고 이야기했지만 아이들은 마치 처음 지하철을 탄 사람들인 양 커다란 목소리로 웃으며 즐거워했습니다. 그렇게 시끌벅적한 지하철이 동대문역에 섰을 때입니다. 문이 열리고 노란 머리에 풍채 있는 외국인 남자 한 명이 지하철에 올라탔습니다. 아이들은 외국인에 대한 호기심 때문인지 일제히 그 남자를 쳐다보았습니다.

"야, 미국인이다, 미국인!"

동철이가 민수에게 이렇게 수군거렸습니다.

"우와, 정말이네. 야, 네가 말 좀 걸어 봐."

민수가 눈을 동그랗게 뜨고 남자를 바라보더니 동철이에게 슬쩍 떠봅니다. 그러자 아이들의 시선이 모두 동철이에게 쏠립니다. 동철이는 아이들의 시선을 의식해서인지 약간 으스대며 남자에게 다가갔습니다. 그리고 한마디를 내뱉었습니다.

"헬로우!"

그러자 남자도 씩 미소를 지으며 답을 했습니다.

"헬로우."

그러자 아이들이 우와 하고 난리가 납니다. 동철이는 더욱 의기양양해져서 "굿 모닝!", "하우 아 유!" 등 자기가 알고 있는 영어를 있는 대로 말합니다. 남자도 동철이의 말에 미소를 지으며 "굿 모닝!", "하우 아 유!"라고 대답했습니다. 아이들은 점점 이 남자에게 모여듭니다. 그

때였습니다. 아이들 중에 그래도 조금 영어에 자신이 있었던 민희가 이렇게 물어봤습니다.

"웨어 아 유 프롬?"

물론 민희와 아이들이 예상한 답은 아메리카였습니다. 하지만 남자는 짤막하게 이렇게 대답했습니다.

"덴마크!"

순간 아이들은 놀란 눈으로 남자를 쳐다보더니 더 이상 말을 걸지 않았습니다. 대신 자기들끼리 "야, 난 미국 사람인 줄 알았는데 덴마크에서 왔대.", "야, 난 덴마크 사람 처음 봐."

이렇게 떠들어 댔지만 그뿐이었습니다. 솔직히 아이들은 덴마크어도 모르고 덴마크란 나라에 대해 아는 것도 없기 때문이었습니다. 이렇게 짧은 침묵이 흐르자 이번에는 남자 쪽에서 빙긋 웃으며 동철이에게 이렇게 말을 겁니다.

"어디 가요?"

약간 어색하긴 하지만 분명한 한국말입니다. 아이들은 그 소리에 놀라서 다시 우와 하고 소리를 지릅니다. 자기들 딴엔 덴마크에서 온 이 남자가 한국말을 전혀 못할 것이라고 생각했기 때문이었지요.

영어를 굿 모닝 정도밖에 못하고 덴마크어는 전혀 할 줄 모르는 동철이는 지하철이 목적지로 가는 동안 이 남자와 한국말로 대화를 했습니다. 목적지에 도착해서 동철이에게 어땠는지 물어보았더니 동철이는 신이 나서 이렇게 말했습니다.

"전 처음 미국 사람인 줄 알았는데 덴마크에서 왔대요. 우리말도 엄청 잘해요!"

저는 동철이를 보며 미소를 지었지만 마음속에서는 물음표 하나가 떠올랐습니다.

'노란 머리에 푸른 눈을 가진 백인 남자를 왜 아이들은 모두 미국 사람이라고 생각한 것일까? 그리고 왜 그가 한국어를 못하고 영어만 쓸 거라고 생각한 것일까?'

노란 머리에 푸른 눈을 가진 사람은 무조건 미국 사람일까요? 아닙니다. 그 사람은 캐나다나 프랑스, 영국이나 인도에서 온 사람일 수도 있습니다. 오히려 그는 한국 국적을 가지고 있고 태어날 때부터 한국에서 태어난 한국인일 수도 있습니다.

미국 사람 중에는 백인도 흑인도 있고 한국인과 같은 아시아계 사람도 존재합니다. 마찬가지로 한국에도 부모님 중 한쪽이 한국 사람이고 다른 한쪽은 한국인이 아닌 사람들도 많습니다. 그런데 우리는 단순히 피부색과 생김새만으로 쉽게 판단하는 경우가 많습니다. 이런 판단들은 사람들이 하나하나의 다양성을 무시하고 피부색과 생김새로만 사람을 구분하려는 편견에서 비롯됩니다.

같은 미국인이라도 백인과 흑인에 대한 태도가 또 다릅니다. 백인에 비해 흑인을 경계하거나 거리감을 둡니다. 그래서인지 아이들도 처음 만나는 백인에게는 아주 친절하게 다가가지만 흑인에게는 좀처럼 다가가지 않습니다. 흑인에 대한 아이들의 시선이 아직도 차별적이기 때문입니다. 그것은 비단 아이들만의 문제가 아닙니다. 5년 전에 제가 지하철에서 겪은 다른 일화는 우리나라 사람들의 차별적인 시선을 단적으로 보여 주는 예라고 할 수 있습니다.

늦은 저녁 지하철을 타고 집으로 가는 중이었습니다. 지하철 좌석에 한 흑인 모녀가 앉아 있었습니다. 엄마와 함께 앉아 있는 아이는 여섯 살쯤 되어 보이는 예쁘장한 여자아이였습니다. 그 옆에 빈자리가 생기자 저는 냉큼 그 자리에 앉았습니다. 다음 역에 지하철이 멈추자 제 옆자리에 있던 다른 손님이 내리고 그 자리에 한 할머니가 앉게 되었습니다. 그러니까 할머니, 저, 그리고 모녀 이러한 순으로 앉게 된 것이지요. 저는 아무 생각 없이 자리에서 책을 읽고 있었습니다.

그런데 열차가 움직이고 나서부터 계속해서 누군가 저를 보는 시선이 느껴졌습니다. 이상한 기분에 고개를 돌려 보니 옆자리에 앉은 할머니가 계속해서 모녀를 바라보는 게 보였습니다. 저를 보는 시선이 아니라 바로 모녀를 바라보는 시선이었지요. 그런데 이상했던 것은 모녀를 바라보는 할머니의 표정이었습니다. 그 표정은 외국인을 보았을 때의 호기심 같은 것이 아니라 바로 불쌍하고 애처로운 대상을 바라보는 그런 표정이었습니다.

할머니의 이런 표정을 보니 저는 궁금증이 생겼습니다. 혹시 모녀와 이 할머니가 아는 사이인가 생각도 해 보았지만 그럴 리는 없었습니다. 저는 자연스레 이 할머니의 행동에 관심을 갖게 되었습니다.

몇 분 동안 할머니는 모녀를 애처로운 모습으로 쳐다보았고 조금 망설이는 기색을 보이다 자신의 손가방을 열고 무언가를 꺼내기 시작했습니다.

'뭘 꺼내시려는 거지?'

그 모습을 흥미진진하게 바라보던 저의 눈에 비닐봉지에 담긴 도넛 두 개가 들어왔습니다. 그제야 저는 할머니가 지금 뭘 하시려는지를 눈치챘습니다.

"자, 사양 말고 이거 먹어요. 괜찮대두⋯⋯."

도넛을 든 할머니 손이 제 몸을 가로질러 모녀에게 닿았습니다. 아이의 어머니는 계속 괜찮다고 영어로 사양했지만 이 할머니는 기어코 도넛을 모녀에게 안기고 말았습니다. 물론 측은하고 안쓰러워하는 시선도 함께 있었지요. 모녀는 할머니의 행동에 당황한 표정이었지만 결국 감사하다는 인사를 하며 도넛을 받았고 이 모습을 본 할머니는 아주 뿌듯한 표정으로 다음 역에서 지하철을 내렸습니다.

저는 열차가 내릴 역에 다다를 때까지 모녀에게 미안한 마음이 가득했습니다. 만약 이 모녀가 백인이었다면 할머니는 그렇게 측은한 시선으로 도넛을 기어이 꺼냈을까요? 이 작은 사건은 한국인 대부분이 가지고 있는 백인과 흑인에 대한 편견에서 비롯되었습니다. 한국인은 은연중에 흑인은 백인보다 더 못살고, 더 배우지 못했고, 더 범죄자가 많다고 생각합니다. 그래서인지 흑인을 보는 아이들의 첫마디도 "깜둥이다!", "아프리카 사람이다!"라는 차별의 말들이 먼저 나옵니다.

심지어 학교에 있는 원어민 선생님들 중에 흑인의 비율도 극히 적습니다. 원어민 선생님들 대부분은 백인입니다. 원어민 선생님들이 얼마나 아이들을 잘 가르치는지 여부보다 그들의 피부색을 먼저 생각하는 것입니다.

아시아 여러 나라에서 온 이주 노동자에 대한 한국인의 시선들도 마찬가지입니다. 한국인과 피부색이 같은 아시아인임에도 불구하고 서양에서 온 다른 외국인보다 더욱 경계하거나 업신여기는 경우가 많습니다. 지하철 안에서도 이주 노동자 분들이 모여 있으면 괜히 자리를 피하는 사람도 많습니다. 서양 사람들에게 말을 걸거나 친절하게 구는 것과는 천지 차이입니다. 이주 노동자에 대한 임금 체불이나 신체적 폭력과 욕설 같은 눈에 보이는 차별도 없어져야 하지만 이러한 편견에 가득 찬 시선들도 사라져야 할 차별들입니다.

최근 만나 본 이주 노동자 분들은 시간이 되면 양로원이나 복지시설 등을 찾아가서 봉사 활동을 많이 한다고 합니다. 그 이유는 무엇일까요?

그분들이 최근 또 다르게 느끼는 차별은 바로 한국인들이 자신들을 함께 살아가는 이웃으로 생각하는 게 아니라 도와줘야 하는 가난하고 불쌍한 존재로만 보는 것이라고 말합니다. 이러한 차별의 시선이 사라지지 않고 이주민이 함께 살아가는 이웃이라는 말은 공허해질 수밖에 없을 것입니다. 그래서 그분들은 한국인에게 이주민들도 한국인과 서로 도움을 주고받을 수 있는 이웃이라는 것을 알려주고 싶었다는 것입니다.

위에서 이야기한 지하철에서 겪은 두 사건 이후, 저는 아이들과 함께 우리가 가진 편견들은 어떤 것이 있는지를 확인해 보는 수업을 진행해 보기로 마음먹게 되었습니다.

이 수업은 많은 준비물이 필요하지 않습니다. 그저 사진 열 장이 필요할 뿐입니다. 이 사진에는 아이들이 알고 있는 사람도 있고 처음 보는 사람들도 있습니다. 피부색과 얼굴 생김새와 성별이 다른 다양한 사람들의 사진을 아무런 정보도 주지 않고 아이들에게 보여 줍니다. 아이들은 이 사진들을 하나하나 꼼꼼하게 살펴봅니다.

첫 번째 질문은 이 사진 중 한국 사람은 몇 명인가 하는 물음입니다. 사진 속 사람 열 명 중에는 미국에서 태어났지만 한국이 좋아 한국 국적을 취득한 한국인도 있고 한국에서 태어나고 김치찌개를 좋아하는 한국인인데도 부모님 중 한 분이 외국인이라 얼굴 생김새가 조금 다른 사람도 있습니다. 또 한국인과 비슷한 일본인이나 중국인 사진도 있지요.

아이들은 사진만 보고 자신들이 알고 있는 한국인에 대한 편협한 이미지로만 사진을 고르게 됩니다. 아이들이 고른 사진은 고작 두세 개밖에 안 됩니다. 아이들에게 그렇게 적게 고른 이유를 물어보니 이렇게 말합니다.

"그 사람들만 한국 사람이니까요."

"그럼, 나머지 사람 중에는 한국 사람은 아무도 없나요?"

"당연하죠. 다 외국 사람들이잖아요."

하지만 사실 이 사진 속에 한국 국적을 가진 사람은 여섯 명이나 됩니다.

두 번째 질문은 첫 번째 질문보다 구체적입니다. 돈을 벌기 위해 독일로 가서 광부로 탄광에서 힘들게 일한 사람은 열 명 중 누구일까? 하는 질문입니다. 즉 사진 중에서 파독 광부였던 사람을 찾는 문제입니다.

이 질문에 아이들 거의 대부분이 병실에 누워 있는 이주 노동자의 사진을 고릅니다. 아이들은 한국인도 몇 십년 전에는 돈을 벌기 위해 독일과 미국 등에서 이주 노동자로 고된 노동을 했다는 사실을 전혀 알지 못하기 때문입니다.

세 번째 질문은 이 사람들 중에서 범죄를 저지른 사람이 있다면 누구일까 하는 질문입니다. 이 질문에도 아이들은 인상이 어둡거나 허름한 옷차림을 한 사람들을 고릅니다.

"왜 이 사람을 골랐나요?"

"그 사람이 가장 범죄자처럼 생겼어요."

"TV나 영화에 보면 저렇게 생긴 사람이 다 범죄자로 나오잖아요."

하지만 아이들 중에 양복을 입고 이미지가 말끔한 사람들은 아무도 선택하지 않습니다.

마지막 질문은 자기 나라 대학에서 영문학을 공부하고 더 많은 공부를 하기 위해 한국에 일하러 온 사람은 누구일까 하는 질문이었습니다. 이 질문에 아이들은 대부분 양복을 입은 백인 남자를 지목했습니다.

"왜 이 사람을 고른 거죠?"

"다른 사람은 공부도 못했을 것 같고 가난해서 대학을

못 갔을 것 같아요."

사실 이 질문에 해당하는 사연을 지닌 사람은 제가 아는, 버마에서 온 이주 노동자 분이었지만 아이들은 아무도 그렇게 생각하지 않았습니다. 아이들에게는 이주 노동자들은 많이 배우지 못한 것이 당연하다는 편견도 깔려 있기 때문이었지요.

이런 식으로 사진을 보고 누구인가를 추측해 보는 일이 끝나고 그 사진의 주인공이 실제로 누구인지를 공개해 보았습니다. 아이들은 자신이 당연하다고 생각했던 추측들이 모두 빗나가자 모두들 놀라는 표정입니다.

하지만 사실 이 수업의 가장 중요한 부분은 지금부터입니다. 아이들이 사진들을 질문에 맞게 잘 골랐느냐 아니냐는 별로 중요하지 않습니다. 중요한 것은 우리가 흔히 당연하다고 생각하는 시선들이 사실은 편견이나 차별을 담고 있을지도 모른다는 것을 깨닫고 다른 시선으로 사람들을 보는 것이 중요하기 때문입니다.

이 활동을 하고 난 뒤 다음 활동은 우리가 생활하면서 당연하다고 느꼈던 것들 중에 편견은 없었는지 생각해 보고 자기 자신이 이러한 편견 때문에 차별을 받거나 고통을 받은 적은 없는지도 확인해 보는 일이었습니다. 아이들은 저마다의 목소리로 이야기합니다.

"동생보다 키가 작다고 절 동생 취급하는 가게 아저씨

때문에 화가 났어요."

"우리 엄마는 내가 잘못한 일도 아닌데 무조건 나한테 네가 했지?라고 물어봐요."

"여자는 다소곳해야 하는데 사내애처럼 군다고 야단맞았어요."

"우리 아빠는 동남아 사람들은 게으르대요."

이런 이야기들 속에서 아이들은 편견이 왜 문제인지 그리고 차별이 생기는 이유에 대해서 조금씩 배워 나갑니다. 그리고 서로가 진정한 모습을 외면하고 편견의 시선으로 바라보고 있지는 않았는지 돌아보게 됩니다.

사실, 이러한 반성은 아이들보다 어른들이 먼저 해야합니다. 아이들이 가진 이러한 편견은 우리 사회의 편견들을 반영한 결과이기 때문입니다.

백인 문화는 무조건 숭배하거나 아프리카나 아시아의 전통문화를 미개하다고 치부하는 뿌리 깊은 생각, 남자와 여자의 역할에 대한 가부장적인 인식, 얼굴의 생김새, 장애나 비장애, 학벌, 나이, 직업, 생각과 사상, 성 정체성과 성적 취향 등 다양한 차이를 그 사람의 모든 것인 양 생각하는 것 등 우리 사회는 지금까지 수많은 편견들을 안고 있었습니다. 그리고 이 편견들은 사람과 사람 사이를 차별이라는 벽으로 구분해 왔습니다. 이러한 사회 속에서 살아가는 아이들에게 스스로 차별과 편견을 뛰어넘기를 기대하기는 불가능에 가깝습니다.

　그리고 우리 아이들이 편견과 차이를 뛰어넘어 서로를 볼 수 있는 눈을 가지지 못한다면 앞으로 인류가 꿈꾸는 자유와 평화가 공존하는 세상은 결코 실현되지 못할 게 분명합니다.

　우리 아이들이 앞으로 살아갈 세상은 차별과 편견을 넘어 자유와 다양성이 넘치는 세상이 되어야 합니다. 그러기 위해 우리 어른들은 더 이상 세상의 편견을 아이들에게 남겨 주지 말아야 합니다. 그리고 그것은 우리 아이들을 있는 그대로 바라보는 것에서 시작될 것입니다.

# 있는 그대로 보자

"그 반에 아무개 있죠? 조심해야 할 거예요."

"그 반 누구 있죠? 걔 공부도 잘하고 아주 똑순이예요."

"그 반 아무개 때문에 작년에 정말 고생했어요."

신학기가 되면 선생님들 사이에서 이런 대화가 오갑니다. 아이들을 겪어 보기 전에 이런 이야기를 듣노라면 어떨 땐 그 이야기가 도움이 되기도 하지만 대부분은 선생님과 아이들 모두에게 별로 좋지 않은 영향을 줍니다. 사실 그런 이야기들 속에는 아이들에 대한 편견이 들어가 있는 경우가 많기 때문입니다.

그래서 저는 아이들과 맨 처음 만나는 날 꼭 이렇게 말합니다.

"저는 여러분이 지난 학년 동안 어떻게 살아왔는지 알지 못합니다. 그리고 알고 싶지도 않습니다. 저는 오늘 이 자리, 첫 시간, 첫 만남부터 여러분들을 조금씩 알아 나갈 예정이기 때문입니다. 그러니까 여러분들도 예전의 내가 아니라 새로운 나로 6학년 첫 시간을 함께 시작했으면 좋겠습니다."

사실 이 이야기는 아이들에게 하는 것뿐만 아니라 제 스스로에게 하는 말이기도 합니다. 만약 아이들이 "저 선생님은 어떠어떠해."라는 편견을 가지고 저를 대한다면 제가 아이들에게 다가갈 수 있는 것은 한계가 있을 수밖에 없기 때문입니다.

아이들도 저도 그리고 어떤 사람도 조금씩 변합니다. 더군다나 아이들은 1년, 한 달, 하루에도 쉼 없이 변하고 성장합니다. 이렇게 변하고 자라는 아이들을 보면서 1년 전의 그 아이로 바라본다면, 아이들의 성장을 믿지 않는 교사라면 그 교육은 이미 빛을 잃은 교육이 아닐까요?

4년 전 저희 반에는 키가 크고 조용한 성격을 지닌 여자아이가 있었습니다. 반 아이들과 두루 친하지만 크게 내색하지 않고, 수업 시간에 적극적이지는 않지만 그렇다고 수업 시간을 방해하거나 다른 짓을 하는 아이도 아니었습니다. 꼼꼼한 성격에 그림이나 글쓰기에도 소질이 있어서 제가 칭찬해 주면 살짝 미소만 짓는 아이였습니다. 자기 일을 열심히 하고 다른 문제도 일으키지 않는 아이였기에 저는 아이에 대해 일종의 믿음을 가지고 있었습니다.

그 아이에 대해 이상한 이야기를 들은 것은 1학기가 거의 끝나 가던 때였습니다. 5학년 때 그 아이를 맡았던 담임선생님과 우연히 이야기를 하다가 그 아이 이야기가 나오게 된 것입니다.

"맞다, 재숙이가 선생님 반이죠? 걔 요새 어때요?"

선생님의 말투에는 걱정스러움이 그대로 묻어나 있었습니다. 저는 의아해하며 이렇게 말했습니다.

"재숙이요? 조용하고 공부도 잘하는 편이에요."

"그래요? 걔 5학년 때하고 많이 달라졌네요. 걔가 여자애들 중에는 일짱이었는데……."

"정말요? 그런 모습은 본 적이 없는데요."

5학년 때 재숙이의 담임을 맡았던 선생님의 이야기를 듣고 저는 적잖이 놀랐습니다. 지금까지 제가 보아 온 재숙이의 이미지와는 전혀 달랐기 때문입니다.

하지만 그 선생님과 대화를 마치고 저는 '참 다행이다.'라는 생각에 안도의 한숨을 내쉬었습니다. 왜냐고요? 만약 그 선생님을 학기 초에 미리 만나 재숙이에 대해 안 좋은 이야기들을 들었다면 재숙이의 행동을 편견을 가지고 보았을 게 분명하기 때문입니다.

생각해 보면 재숙이는 5학년 때의 생활이 어쨌든 자기 혼자의 노력으로 6학년 생활을 성실히 해 왔습니다. 하지만 만약 제가 편견을 가지고 재숙이를 보았다면 재숙이의 그런 노력도 의심의 눈초리로 보았을지도 모릅니다. 그리고 제가 그런 내색을 하지 않더라도 재숙이는 1학기 내내 "우리 선생님은 5학년 때 내 행동에 대해 알고 있어."라는 불안감을 가지고 살았을지도 모릅니다. 그래서 저는 남은 학기 내내 재숙이가 졸업할 때까지 재숙이를 6학년 여섯 달 동안 보았던 그 모습 그대로 바라보고 응원해 주기로 다짐했습니다. 재숙이도 자신의 힘으로 6학년 1년을 보람 있게 보냈습니다. 만약 재숙이에게 1년간 여자 일짱이라는 꼬리표가 있었다면 재숙이가 이렇게 바람직한 1년을 보낼 수 있었을까요?

아이들에 대한 편견은 위의 예처럼 아이들에 대한 예전의 평판 때문에 생기는 것도 있지만 첫 만남 때 선생님이 가지는 느낌 때문에 일어나기도 합니다.

"저 아이는 좀 산만한 것 같아."

"저 아이는 예의 바른 것 같은데."

신학기 때 처음 인사를 나눈 아이들을 보며 선생님들 중에는 앞으로 아이들과 행복한 1년을 살지 아니면 힘든 1년을 살지가 머릿속에 그려지는 선생님들도 많을 것입니다. 하지만 이 경우도 사실 확실히 맞는 경우가 거의 없습니다.

대학교 2학년 때 공부방 자원 교사를 할 때입니다. 하루는 중학교 2학년인 용민이가 결석을 했습니다. 용민이는 공부를 하기 싫어해서 학교에서도 거의 포기한 아이였지만 공부방만큼은 늦지 않고 꼬박꼬박 오는 아이였습니다. 저는 용민이가 공부방에 오지 않은 이유가 궁금해서 아이의 집을 가 보기도 했지만 용민이는 끝내 나타나지 않았습니다.

다음 날 쭈뼛거리며 공부방에 나타난 용민이에게 왜 공부방에 오지 않았는지 묻자 아이는 한참 머뭇거리다가 이렇게 이야기를 했습니다.

"윤태가 오늘 자기하고 안 놀면 가만 안 둔다고 했거든요."

"윤태? 윤태가 누군데?"

저는 그때 용민이에게서 윤태라는 아이의 이름을 처음 알았습니다. 윤태는 중학교 1학년 아이로 용민이보다 한 살 적었습니다. 그런데 이상하게도 윤태는 용민이를 확 휘어잡고 자기 하고 싶은 대로 부려 먹고 있는 것이었습니다. 저는 용민이의 말에 황당해하면서도 윤태라는 아이에 대해 호기심을 가졌습니다. 그리고 윤태도 공부방을 다니는 다른 아이들처럼 부모님의 보살핌을 충분히 받지 못한 아이라는 것도 알게 되었습니다.

결국 공부방에서는 윤태와 윤태 부모님을 설득해서 공부방을 다니게 했습니다. 그리고 어느덧 윤태가 처음으로 공부방을 오기로 한 날이 되었습니다.

'과연 윤태란 녀석은 어떤 아이일까?'

저와 다른 자원 교사 선생님의 궁금증은 윤태가 공부방 문을 열며 들어오는 순간 놀라움으로 바뀌고 말았습니다.

윤태는 다른 아이들과 달리 불만이 잔뜩 있는 얼굴로 선생님들을 쭈욱 둘러보았습니다. 윤태의 얼굴은 마치 "왜 날 이런 곳에 끌고 왔냐?"는 듯 무언의 항의를 하는 것 같았습니다. 게다가 윤태의 눈빛은 보통의 아이들과 완전히 달랐습니다. 누군가가 조금이라도 자신을 가로막으면 잡아먹을 듯이 덤빌 태세를 갖춘 눈빛에 선생님들은 윤태 모르게 한숨을 쉬었습니다.

"윤태 눈빛 좀 봐요. 걔는 우리가 감당할 아이가 아니에요."

윤태를 본 선생님들의 첫 반응은 모두 같았습니다. 윤태에 대한 첫인상은 사실 저도 마찬가지였습니다. 윤태를 보니 우리 공부방의 1년은 아주 힘들 게 분명해 보였습니다. 그렇게 윤태와 1년을 지내고 난 후, 부모님들과 공부방 선생님이 함께 모인 자리에서 저는 윤태를 가리키며 이렇게 말했습니다.

"여러분, 이번에 이야기를 할 친구는 우리 공부방에서 가장 눈이 예쁜 윤태입니다."

이 말은 사람들 앞에서 일부러 윤태를 칭찬하기 위해 의례적으로 한 인사치레가 아니었습니다. 이 말은 제 마음속에서 우러나온 진심이었고 1년 전 윤태에게 느낀 그 첫인상이 잘못된 것임을 고백하는 것이기도 했습니다.

윤태를 처음 만난 날 느꼈던 첫인상은 사실 윤태에 대해서 아무것도 모른 상태에서 오로지 첫 이미지만을 가지고 생긴 것이었습니다. 그런데 1년 동안 윤태와 함께 웃고 함께 우는 시간을 거치면서 선생님들과 저는 윤태의 진짜 모습을 발견할 수 있었습니다. 그리고 첫인상에서는 결코 발견하지 못했던 윤태의 천진한 미소를 발견했던 것입니다.

위의 예처럼 아이들을 처음 만났을 때뿐 아니라 순간순간 우리들은 아이들의 행동을 보면서 평가를 하기 마련입니다. 그런데 "누구누구는 어떻다."라는 평가는 사실 그 아이의 전체 모습을 있는 그대로 보여 주기보다는 어른들이 가지고 있는 가치관을 통해서 해석되는 것일 수도 있습니다.

"영식이는 너무 산만한 아이예요."

"준태는 개구쟁이예요."

"민호는 예의 바른 아이예요."

그 평가가 좋든 안 좋든 우리들은 아이들의 행동을 구체적으로 설명하기보다는 이렇게 평가하기를 좋아합니다. 그리고 이러한 평가는 거의 정확하다고 확신합니다. 그것은 부모님들도 마찬가지입니다.

"우리 애는 너무 산만해요."

"우리 애는 너무 자신감이 없어요."

이런 평가들은 분명 선생님과 부모님들의 관찰에서 나온 것이기는 하지만 사실 아이들에게 거의 도움이 되지 않습니다. 그리고 이러한 평가는 아이들의 행동을 정확하게 표현한 것도 아닙니다.

8년 전, 4학년 경석이는 수업 시간에 돌아다니는 산만한 아이였습니다. 수업 종이 치면 아이들은 보통 자기 자리에 앉아서 수업을 준비하는데 경석이는 그때도 계속 정신없이 돌아다녔습니다. 몇 번을 주의를 주었지만 경석이의 산만함은 고쳐지지 않았습니다.

"경석아, 산만하게 돌아다니지 말고 자리에 앉아라!"

처음에는 경석이를 대하는 저의 목소리도 부드러웠습니다. 하지만 경석이가 다음 시간에도 또 그다음 시간에도 돌아다니길 멈추지 않자 저의 인내심은 한계에 다다랐습니다.

"경석아, 그만 돌아다니고 자리에 앉아!"

"넌 왜 이리 산만한 거니, 응?"

"경석아, 그만!"

"경석아!!"

저는 결국 경석이에게 버럭 화를 내고 감정을 폭발시키

고 말았습니다. 경석이는 구제 불능이었고 저는 경석이의 산만함을 해결할 수 없다고 확신했습니다. 경석이도 저의 고함에 얼굴을 푹 수그리고 화가 난 듯 서 있었습니다. 결국 그 수업 시간은 저나 경석이 모두에게 도움이 되지 못했습니다.

그런 와중에 저는 책 한 권을 우연히 읽게 되었습니다. 그 책은 푸른빛이 도는 아주 얇은 책이었습니다. 바로 와타나베 야스마로가 지은《교사를 위한 셀프 카운슬링》이란 책이었습니다. 이 책은 교사가 아이들에 대한 교사의

주관적인 판단과 평가를 배제하고 있는 그대로를 기술함으로써 아이들과 겪는 갈등 상황에서 아이들과 자신을 이해할 수 있도록 돕는 방법을 알려 주고 있었습니다. 그리고 그것을 위해 먼저 해야 할 일은 바로 평가 없이 아이의 행동을 바라보는 것이었습니다.

저는 그 책을 읽기 전까지만 해도 아이들은 정확히 바라보고 있다고 확신하고 있었습니다. '저 아이는 부지런한 아이, 저 아이는 장난꾸러기, 저 아이는 산만한 아이.'처럼 말입니다. 하지만 한 번도 아이들의 행동을 아무런 평가 없이 있는 그대로 바라보겠다는 생각은 한 적이 없었습니다. 아이들을 평가하는 것은 당연한 일이었고 도덕적 잣대를 가지고 아이들을 올바른 길로 이끄는 것은 교사로서 당연한 책무라고까지 여기고 있었기 때문입니다. 그래서 사실 이 책《교사를 위한 셀프 카운슬링》을 읽고도 "정말 그럴까?" 하는 의구심이 들 뿐이었습니다.

이런 생각을 하는 와중에 또다시 경석이와 갈등하는 시간이 찾아왔습니다. 그리고 저는 속는 셈 치고 책에서 본 대로 경석이의 행동을 평가 없이 바라보기로 마음먹었습니다.

"수업 시간마다 산만하게 돌아다니던 아이"라는 평가어가 붙은 경석이의 행동을 평가 없이 아주 구체적으로 그리고 자세히 살펴보겠다고 마음먹은 것이었지요. 그러자 신기하게 경석이의 행동이 정말 한눈에 들어오기 시작했습니다.

국어 시간, 종이 치자 경석이는 자기 책상 위에 교과서가 없다는 것을 알고는 일어서서 자기 사물함 쪽으로 걸어갑니다. 사물함을 힘겹게 열고 (경첩이 단단히 고정되어서 열기가 쉽지 않습니다.) 국어 책을 꺼내려다 오늘 읽기 시간인지 말하기 듣기 시간인지 고민합니다. 결국 읽기 책을 가지고 자기 자리로 돌아오면서 민수가 가진 인형이 달린 연필을 보고 그 가격이 얼마인지 물어보고는 반응이 없자 자리에 앉았습니다.

경석이의 이 다양한 행동과 반응들을 살펴보니 저는 신기하게 더 이상 화가 나지 않았습니다. "이 녀석이 또 산만하게 돌아다니고 있군."이라는 평가의 시선으로 바라보았을 때의 답답함도 느껴지지 않았습니다. 물론 경석이의 행동이 문제가 없는 것은 아니었지만, 제가 군이 그렇게 화를 키우면서 경석이에게도 마음에 상처를 줄 만한 일은 아니라는 것도 알게 된 것입니다. 그래서 저는 경석이에게 다가가 조용히 이렇게 말했습니다.

"경석아, 다음부터는 수업 시작 전에 교과서는 미리 챙겼으면 좋겠다."

"네 선생님."

경석이도 머리를 긁적이며 씩 웃습니다. 그리고 경석

이나 저나 서로의 마음도 평화롭습니다. 같은 행동을 해서 저에게 "정신없이 돌아다니지 말고 그만 자리에 좀 앉아!"라는 말을 들으며 서로 얼굴을 붉혔던 저와 경석이의 모습은 더 이상 보이지 않았습니다.

그리고 저는 "산만하게 돌아다니는 아이"라는 평가의 시선으로 경석이를 대할 때 경석이에게는 아무런 변화가 없었지만 경석이의 행동을 평가 없이 바라보면서 구체적으로 말할 때는 경석이가 스스로 변하려고 노력한다는 것을 발견했습니다. 뿐만 아니라 제가 경석이에게 품어 왔던 분노나 짜증이 사실은 나의 시선의 차이 때문에 일어난다는 것을 알게 되었습니다. 더욱 감사한 것은 그 덕분에 경석이에게 더 이상 안 좋은 감정을 키워 가지 않게 되었다는 사실입니다.

아이들은 어른들이 바라보는 만큼 자란다는 말이 있습니다. 부정적인 시선을 받은 아이는 부정적으로, 긍정적인 시선을 받은 아이는 긍정적으로 자란다는 말입니다.

이 말처럼 아이들의 행동이나 말 속에서 긍정적인 부분을 찾아낸다면 정말 좋겠지만 사실 부모님과 선생님들이 아이들의 행동을 모두 긍정적으로 받아들이기는 어렵습니다. 그리고 어쩌면 아이에 대한 지나친 기대와 긍정은 아이들에게 오히려 부담이 될 수도 있을 것입니다.

그래서 저는 선생님들과 부모님들이 아이들을 그냥 있

는 그대로 바라보는 것부터 시작하면 어떨까 싶습니다. 긍정적이든 부정적이든 어떠한 평가의 시선으로 아이를 바라보는 것이 아니라 아이의 현재 모습을 아무런 평가 없이 있는 그대로 바라보는 것부터 시작하자는 것이지요.

그렇게 아이들을 있는 그대로 보기 시작하면 아이들도 우리 어른들을 있는 그대로 바라보기 시작할 것입니다. 이렇게 아이와 어른이 서로에게 있는 그대로만 보여 주고, 보여 준 그대로 공감하고 이해하기 시작한다면 권위와 복종이나 도덕적 훈육의 관계를 통해서 유지되는 아이와 어른 사이가 아닌 서로 자신들의 진짜 모습을 바라보며 서로의 감정을 이해하는 사이로 변화하는 것도 불가능하지만은 않을 것 같습니다.

그러니 이제 아이들을 있는 그대로 보아 주세요. 그리고 우리도 있는 그대로 보여 주자고요.

어른들의 감정도 숨기지 말아 주세요

어른들은 대부분 자신의 감정을 아이들에게 그대로 드러내는 것을 꺼립니다. 아이들 앞에서는 엄격한 선생님이나 부모가 되어야 한다는 생각이 많아서일까요? 아니면 자신의 감정을 표현하는 것이 익숙하지 않아서 일까요? 이유는 여러 가지이겠지만 아이들 앞에서 마음속 깊은 감정을 표현하기보다는 엄한 모습의 가면을 쓸 때가 많습니다.

예전에 아이들과 놀이공원으로 소풍을 갔을 때 있었던 일입니다. 한 젊은 부부가 갓난아이를 태운 유모차를 끌고 이곳저곳을 헤매는 것이 눈에 띄었습니다. 생각해 보니 아이들과 입장을 할 때도 본 적이 있던 부부였습니다. 다만 달라진 것이 있다면 그때는 네 살쯤 되는 남자아이와 함께였는데 지금은 그 아이가 보이지 않는다는 점이었습니다.

"선생님, 저 사람들 아이를 잃어버렸나 봐요."

점심때가 되어서 벤치에 앉아서 도시락을 막 먹던 아이들도 그것을 기억해 내고 한마디씩 합니다. 아이들의 말처럼 이 부부는 아이를 찾고 있었습니다. 그래서 지나가는 아이들에게 혹시 본 적이 없는지 물어보기도 하고 애타게 이름을 불러 보기도 합니다.

이 놀이공원에는 커다란 호수까지 있습니다. 그래서인지 부부의 얼굴은 겁에 질린 것처럼 보이고 큰 슬픔으로 가득 차 보입니다. 마치 잃어버린 아이를 찾기만 한다면 무슨 일이든 다 하겠다는 표정이었지요. 아이들도 온통 그 부부에게 관심이 쏠려 있었습니다.

"저 봤어요, 파란 모자 쓴 애를 저기 물총 파는 가게에서 봤어요."

이미 점심을 다 먹고 이리저리 놀러 다니던 세현이는 넉살 좋게 부부에게 이것저것을 물어보더니 손가락으로 멀리 보이는 작은 상점을 가리켰습니다. 과연 거기에 파란 모자를 한 아이가 보였습니다.

부부도 그 모습을 보고 아이에게 달려갑니다. 아이도 부부를 발견했는지 뛰어옵니다.

"잘됐네. 내가 착한 일 했죠?"

세현이가 나를 바라보며 씩 웃습니다. 저도 웃으며 고개를 끄덕여 주었지요. 그런데 그때 세현이가 이상하다는 듯이 저에게 말합니다.

"저 사람들 이상해요. 애를 찾았는데 왜 화를 내요?"

세현이가 이렇게 말한 것은 부부와 아이의 만남이 감동적인 상봉이 아니었기 때문이었습니다. 부부는 아이를 만나자마자 다짜고짜 엉덩이를 때리기 시작했던 것입니다.

"엄마 아빠 옆에 꼭 붙어 있으라고 했는데. 어딜 간 거야! 응!"

부부는 화난 목소리도 높입니다. 겁이 난 아이는 급기야 울음을 터뜨렸지요. 이런 광경은 사실 놀이공원에서 흔히 있는 광경 중에 하나였기에 저도 세현이가 질문하지 않았다면 이상하다고 생각하지 못했을 것입니다.

눈앞에서 사라진 아이를 찾아 헤매던 부모의 눈에 아이가 발견되었다면 부모에게는 어떤 감정이 생길까요? 분노가 치밀까요? 아니면 아이가 미워질까요?

잃어버린 아이를 간신히 찾았는데 그 모습을 보고 먼저 화가 나고 아이를 혼을 내야겠다고 생각하는 부모는 아무도 없을 것입니다. 보통은 잃어버린 아이를 찾은 안도감이 들 것입니다. 온몸에 긴장이 가득하다가 맥이 탁 풀릴 수도 있습니다. 그런데 문제는 그다음입니다. 아이를 찾은 안도감과 기쁨은 잠시, 부부의 머릿속에는 아이가 다시는 이런 일을 하지 않도록 해야겠다는 생각이 들기 시작합니다. 아이의 엉덩이를 때리고 화를 낸 것은 바로 그 때문일 것입니다.

"화를 내는 게 아니야. 아이한테 다시 길을 잃지 말라고 저러는 거야."

세현이의 질문에 저는 조금 자신감 없는 답변을 해 보였습니다. 그러자 세현이는 여전히 이해할 수 없다는 투로 이렇게 말하더군요.

"에이, 말도 안 돼요. 저런다고 저 꼬마가 그걸 알아듣겠어요?"

세현이의 말에 저는 고개를 끄덕일 수밖에 없었습니다. 세현이의 말대로 그 아이는 부모의 생각을 이해할 수 없을게 분명하기 때문입니다.

네 살짜리 아이의 입장에서 보면 어떨까요? 아이는 엄마와 아빠를 잃어버려 커다란 충격에 빠져 있었을지도 모릅니다. 그런 아이가 엄마 아빠를 발견한다면 무서웠던 마음이 해소되고 안도감과 행복을 느낄 것입니다.

만약 다른 재미있는 것을 구경하느라 정신이 팔려 엄마 아빠가 곁에 없다는 것은 까맣게 잊어버리고 있었던 아이라면 어떨까요? 그 아이는 부모의 부름에 아무 생각 없이 그저 반갑게 달려갈지도 모릅니다.

어떤 경우이든지 아이는 부모가 다짜고짜 자신을 혼내는 것을 이해할 수는 없을 것입니다. 만약 젊은 부부가 아이를 혼내겠다고 생각하기 이전에 자신의 감정, 그러니까 아이를 찾아다닐 때의 걱정과 슬픔, 아이를 찾고 나서의 안도감과 기쁨을 아이에게 먼저 표현했더라면 어땠을까요? 만약 그랬다면 엉덩이를 때려 아이가 기어코 울게 되는 그러면서도 정작 아이가 부모를 이해할 수 없게 되는 일은 피할 수 있지 않을까요?

아마, 네 살짜리 아이는 앞으로 함부로 부모 곁을 떠나는 일을 하지 않을 것입니다. 그렇게 하면 엉덩이를 맞고 혼이 나기 때문이지요. 하지만 그 아이는 엄마 아빠가 자신이 곁에 없으면 얼마나 슬퍼하고 안타까워하는지 그들에게 자신이 얼마나 소중한 존재인지를 이해하지 못할지도 모릅니다.

많은 부모님들이 아이의 마음을 다치지 않고 자신의 감정을 표현하기가 너무 어렵다고 말할지도 모릅니다. 만약 그것이 너무 어렵다면 그냥 아이를 말없이 꼭 껴안아 주었다면 어땠을까요? 만약 그랬다면 아이는 나중에라도 그 사건을 두려움이나 공포로 기억하지 않고 안도감과 행복감으로 기억하지 않을까요?

부모님들과 마찬가지로 선생님들도 감정을 드러내지 않는 가면을 쓸 때가 종종 있습니다.

"아이들을 처음 만날 땐 절대 웃으면 안 돼요. 첫날부터 꽉 잡아야 1년이 편하다니까요."

처음 발령을 받고 아이들 앞에 섰을 때 주변 선생님들이 저에게 해 준 말입니다. 처음부터 선생님의 본모습을 보여 주면 아이들이 기어오르고 통제가 안 된다는 말입니다. 그런데 저는 지금까지 이 충고대로 해 본 적이 한 번도 없습니다.

처음 교실에 들어가서 긴장한 표정의 아이들이 저를 바라보고 있는 것을 바라보자니 이상하게 아이들의 모습이 안쓰러워지고 천진하게 느껴져 저는 어느새 미소를 짓게 되기 때문입니다. 그런 제 모습이 다른 선생님들이 보기에 아주 미숙하게 느껴질지도 모르겠습니다.

올해 아이들을 처음 만났던 3월이 기억납니다. 3월 2일 6학년 첫날, 내리 3년 동안 같은 교실에서 6학년을 맡은 저는 아이들보다 먼저 와서 이것저것 물건을 정리를 하고 있었습니다. 그때 여자아이 하나가 쭈뼛거리며 교실 밖에서 서성이고 있었습니다. 8시도 채 안 된 시각인데 아이는 참으로 일찍 학교에 왔습니다.

"들어와요!"

제가 웃으며 이렇게 말을 겁니다. 애당초 굳은 표정으로 아이를 대해야 한다는 생각은 머릿속에 사라지고 없습니다.

"어, 어디에 앉아요?"

교실에 들어온 아이가 아직도 긴장이 가득한 얼굴로 저에게 묻습니다. 다른 선생님들은 아이들 이름대로 책상 위에 이름표까지 붙여 놓으셨는데 저는 아무런 계획도 없습니다. 아이들이 모두 모이면 그냥 그때 정해 보지 뭐. 이런 생각이었으니까요. 그래서 저는 아이에게 웃으며 이렇게 말합니다.

"그냥 원하는 대로 앉아요."

아이는 조금 망설이다가 두 번째 줄 의자에 앉습니다. 저는 괜히 아이에게 말을 붙입니다.

"일찍 왔네요. 원래 이렇게 일찍 와요?"

"아뇨, 오늘은 같이 학교 가는 친구가 일찍 가자고 해서요."

"심심하지 않아요? 책이라도 읽을래요?"

"어…… 네."

아이의 책상 위에 동화책 한 권을 올려놓는 저나 그 책을 펴서 읽는 아이나 어색하기는 마찬가지입니다. 하지만 사람들이 처음 새로운 사람을 만나는 첫 만남은 언제나 이렇게 낯설고 어색한 게 아닐까요? 그게 교사와 학생이라는 관계라도 말입니다. 그 속에서 둘은 모두 꽤 긴장하고 서로에게 궁금증이 생기기도 하지요.

그렇게 걱정과 설렘, 어색함과 호기심이 함께 공존하는 마음이 오가면서 차츰 서로를 이해하고 친근한 모습으로 변해 가게 되는 것이지요. 그것이 바로 서로를 알아 가는 자연스러운 과정이기 때문이지요.

그런데 만약 제가 첫날부터 웃지 않아야 한다는 강박관념에 사로잡혀서 엄한 선생님의 모습만을 보여 주려고 노력했다면 잔뜩 긴장하고 온 아이들의 마음은 엄격함이라는 이름의 큰 벽에 부딪혀 더욱 경직되어 버렸을지도 모릅니다. 그리고 그곳에선 조심스럽게 서로를 이해하고 상대에 대한 호기심을 가지는 자연스러운 친밀감이란 기대할 수 없는 일이 되고 말 것입니다.

이렇게 일주일 아니 정말 한 1년을 아이들이 자신과 함께 생활할 담임선생님이 엄한 선생님이라고만 생각하고 살아간다면 그 아이들의 1년은 정말 행복할까요? 그리고 그 아이들 앞에서 1년을 함께할 교사는 정말 행복하다고 말할 수 있을까요?

오히려 나의 설렘과 호기심, 반가움과 조심스러움을 있는 그대로 표현하면 어떨까요? 아이들을 관리하고 통제하는 존재로서의 교사가 아니라 아이들과 같은 심장을 가진, 함께 마음을 나눌 수 있는 사람으로 말입니다.

이런 생각 때문에 저는 아이들과 처음 만날 때 항상 어색함, 기대감이 함께 깃든 미소를 짓습니다. 그러면 아이들도 긴장한 얼굴에서 차츰 편안해진 얼굴로 저를 맞이합니다. 새 학기 첫날을 그렇게 편안한 마음으로 시작하자고 다짐한 지 이제 10년이 되었고 그중 6학년 담임만 7년째를 맞이하지만, 저는 그 이 선택을 후회해 본 적이 없습니다. 그리고 이 선택 때문에 보통 많은 선생님들이 우려하는 것처럼 아이들을 소위 통제하고 관리하는 것이 어려워지는 1년을 경험한 적 또한 단 한 번도 없습니다.

오히려 아이들은 그 첫 만남의 따뜻한 기억을 졸업할 때까지 잊지 않고 있는 경우가 더 많습니다. 아이들뿐만 아닙니다. 저도 그 첫 만남을 통해 행복한 1년을 만들 수 있는 힘을 얻게 되었습니다. 그래서 저는 첫 발령을 받은 선생님들에게 첫날 첫 시간에 아이들 앞에서 웃지 않는 엄한 얼굴이 아니라 그냥 자신의 기대와 설렘을 그대로 드러내는 것이 더 좋다고 이야기합니다. 딱딱한 가면을 쓰는 것보다 그 속에 있는 선생님의 인간적인 면을 그대로 보여 주면 아이들도 선생님에게 자신의 속내를 조금씩 열어 놓는다고 말입니다.

제가 위에서 계속 어른들이 아이들 앞에서 자신의 감정을 솔직하게 표현해야 한다고 이야기하고 있지만 사실 자신의 마음을 표현한다는 것은 쉬운 일이 아닙니다. 그 이유 중에 많은 경우는 생각과 느낌을 같은 것으로 혼돈하기 때문에 생깁니다.

예전에 강연에서 아이들의 버릇없는 행동 때문에 매를 드는 게 고민이라는 선생님과 대화를 한 적이 있습니다.

"아이들이 그런 행동을 하면 어떤 느낌이 들죠?"

제 물음에 그 선생님은 이렇게 대답했습니다.

"아이들이 절 무시하는 것처럼 느껴져요."

이 선생님의 답변은 느낌을 이야기한 것일까요? 아니면 생각을 이야기한 것일까요? 만약 아이가 갑자기 선생님에게 욕을 하거나 대들거나 소리를 지른다면 보통 어떤 느낌이 들까요? 먼저 드는 느낌은 당황스러움일 것입니다. 그리고 그 느낌 다음에 이 녀석이 날 무시하고 이러는 걸까? 또는 내가 이 녀석에게 뭔가 말실수를 했나? 같은 생각들이 빠르게 지나갈 것입니다. 만약 전자라면 선생님은 아이를 크게 혼내거나 혹은 참고 넘어간다 해도 마음에 상처가 될 것입니다. 만약 후자라면 선생님은 미안한 마음이 들거나 아이의 마음을 진정시켜 보려고 할지 모릅니다. 즉 '무시하는 것처럼 느낀다.'는 사실 느낌이 아니라 선생님의 생각입니다. 그리고 그 생각이란 객관적인 판단이기보다는 주관적인 판단인 경우가 더 많습니다.

몇 년 전에 있었던 일입니다. 영어 교과 시간 수업 종이 울린 직후라 교실에 남은 아이들에게 책과 공책을 가지고 영어실로 가라고 이야기를 한 후에 저는 정신없이 다른 업무를 하고 있었습니다. 한 5분 후에 고개를 들고 보니 우리 반 유성이가 혼자 우두커니 서 있는 게 보였습니다.

'영어실로 가라는 말을 몇 번이나 했는데 아직도 안 가고 뭐 하는 거지?'

이런 생각이 들자 저는 좀 소리를 높여서 이렇게 말했습니다.

"아직까지 안 가고 있으면 어떡해요. 빨리 서둘러요."

그러자 유성이는 굳은 표정으로 짧게 대답합니다.

"네."

그리고 잠시 후 유성이는 혼잣말로 이렇게 중얼거리며 교실 문을 나섰습니다.

"씨팔……."

그 소리에 저는 너무 당황스러웠습니다. 평소에 한 번도 그런 모습을 보인 적이 없는 아이의 욕설에 놀랐던 거지요. '이 녀석이 날 뭐로 보고.' 이런 생각이 들자 분노가 치밀어 올랐습니다. 사라지는 아이를 붙잡고 뭔가 한바탕 해 주려는 마음이 들었지만 꾹 참았습니다. 그렇게 한 시간이 흐르자 어느 정도 이성을 찾게 되었습니다. 그리고 우선 유성이가 왜 그런 행동을 했는지 알아보기로 마음먹게 되었지요.

드디어 영어 시간이 끝나고 유성이가 교실로 돌아왔습니다. 저는 우선 마음을 가라앉히고 유성이를 불렀습니다. 유성이는 내가 왜 부르는 건지를 알고 있다는 듯한 얼굴로 저에게 다가왔습니다.

"선생님, 그거 선생님에게 한 말 아니에요."

'무슨 소리냐, 그럼 교실에 너와 나 둘밖에 더 있었냐?', '나는 네 말이 선생님을 무시하는 것으로밖에 안 느껴지는데?'라는 말을 하고 싶었지만 우선 저는 아이에게 제 감정을 먼저 이야기해 보기로 했습니다.

"솔직히 유성이가 그런 말을 하니 선생님은 아주 당황스러웠어요."

"그게요……. 오늘 영어책을 또 안 가져왔지 뭐예요. 벌써 네 번째예요 그래서 제 자신에게 한 말이에요."

유성이는 미안함이 가득한 표정으로 머리를 긁적였습니다. 그제야 저는 마음이 편안해지는 것을 느꼈습니다.

"그렇군요. 다음엔 혼잣말로도 욕은 안 했으면 좋겠어요. 옆에 있는 사람은 아주 당황스러워요."

"네 죄송해요."

유성이의 사과에 저는 미소를 지었습니다. 만약 제가 아이의 욕설을 날 무시한 것으로 혹은 나에게 대드는 것으로 생각하고 그것 때문에 감정적으로 폭발하였다면 저는 유성이의 상황을 이해할 수 있었을까요? 또 혹시 제 오해가 풀렸어도 유성이와 저는 좋은 관계를 유지할 수 있었을까요?

아이들 앞에서 감정을 숨기지 말고 표현하자는 것은 어

른들이 이럴 것이라고 판단한 생각을 말하는 게 아니라 자신의 가진 첫 느낌을 솔직히 이야기하자는 것입니다. 이렇게 어떤 편견이나 판단이 들어간 생각을 말하는 것이 아닌 있는 그대로의 느낌을 이야기하면 아이들은 어른들의 마음을 훨씬 더 쉽게 이해할 수 있고 어른들도 아이들에게 상처를 주는 일을 줄일 수 있습니다.

자신의 감정을 이야기한다는 것은 내 마음을 이해해 달라는 첫 신호입니다. 어른들이 먼저 자심의 감정을 솔직하게 표현하고 아이의 마음을 이해할 준비를 한다면 아이들도 어른들의 마음을 공감하고 자신의 여린 마음도 조금씩 보여 줄 것입니다. 그 관계의 시작이 어른과 아이가 권위나 억압으로 만나는 것이 아닌 진정한 인간으로서 만나는 첫 발자국이 될 것입니다.

아이들에게 진정 원하는 것

"왜 이렇게 시끄럽니?"

"짝 좀 괴롭히지 마라."

"여기 집중!"

"누구야, 엄마 하는 말 안 들리니?"

"엄마에게 그게 무슨 말 버릇이니?"

학교에서나 가정에서 아이들에게 하는 말들은 "~해라!"나 "~하지 마라."로 끝나는 경우가 대부분입니다. 그리고 이러한 말들은 보통 지금 아이들이 한 문제 행동에 대해 이야기하는 경우가 많습니다. 그런데 이러한 말들은 어른들이 많이 하는 것에 비해 그 효과가 거의 없습니다. 그리고 전달하고자 하는 내용도 구체적이지 못한 경우가 많습니다. 다음 대화를 한번 살펴보세요.

"효민아! 짝 좀 그만 괴롭혀!"

"전, 그냥 장난친 건데요?"

"그게 장난이냐? 응?"

보통 교실에서 이런 식의 실랑이가 계속되면 효민이의 행동이 그냥 장난인지 아닌지를 밝혀내는 것이 아주 큰 문제인 것처럼 생각하게 됩니다. 사실 선생님이 원했던 것은 단순히 효민이가 그 행동을 멈춰 주었으면 하는 바람이었는데도 말입니다.

"왜 이리 시끄럽니? 조용히 좀 해!"

이 말도 사실 아이들 대부분에게 먹히지 않습니다. 아이들은 잠시 선생님의 말을 듣다가 어느새 원래대로 돌아옵니다. 선생님들에게는 정말 난감한 일이 아닐 수 없습니다. 하지만 이것도 잘 생각해 보면 당연한 일인지도 모릅니다. 만약 모두가 조용한 교실에서 한 아이가 갑자기 큰 목소리로 노래를 부른다면 조용히 하라는 말은 아이에게 효과적으로 전달될 수 있을 것입니다. 하지만 대다수 아이들이 이야기를 나누느라 웅성거리는 상황이라면 조용히 하라는 선생님 말이 효과적이기는 어렵습니다.

왜냐고요? 서른 명이 넘는 아이들이 서로 이야기를 하는 소리는 선생님에겐 소음으로 여겨지지만 이야기를 하고 있는 아이들에게는 그리 큰 소리라고 생각이 들지 않기 때문입니다. 결국 아이들에게 "조용히 할" 대상은 내가 아닌 다른 누군가가 됩니다.

만약 선생님이 좀 더 구체적으로 자신이 원하는 것을 아이들에게 알려 주었다면 어땠을까요? 아이들이 훨씬 쉽고 정확하게 선생님의 의도를 알아차리지 않았을까요?

"효민아! 짝 좀 그만 괴롭혀!"보다는 "효민아! 짝 옆구리를 그만 찔렀으면 좋겠다."가 더 효과적일 것입니다. 또 "왜 이리 시끄럽니? 조용히 좀 해!"보다는 "모두 자신의 목소리 크기를 반으로 줄이세요."가 더 정확한 표현일 수 있습니다. 그리고 이렇게 정확히 구체적으로 표현하기 시작하면 아이들과 빚는 갈등도 줄어들게 됩니다. 전자와 같은 표현은 구체적인 목적보다는 아이들의 행동을 탓하는 것이 주가 되지만 후자와 같이 구체적인 행동을 이야기하는 것은 비난을 하지 않고 행동의 변화를 요구하기 때문입니다.

몇 년 전의 일입니다. 아이들이 모두 집으로 돌아간 오후 학교 화장실을 청소해 주시는 아주머니가 잔뜩 화가 난 얼굴로 저에게 이렇게 말했습니다.

"여자 화장실이 아주 난리도 아니에요. 나 참. 선생님에게 직접 들어가 보시라고 말할 수도 없고……."

"아니 왜요? 무슨 일이 있나요?"

이 학교에서 화장실 옆에 있는 6학년 교실을 3년째 쓰고 있던 저는 아주머니와 친한 사이였기에 아주머니는 마음 놓고 하소연을 하셨습니다.

"아니 아이들이 화장실 벽에 온통 유성 펜으로 낙서를

했지 뭐예요. 낙서를 하려면 차라리 수성 펜으로 하지 어떻게 지울지 난감해요. 선생님이 글씨 좀 보시고 누군지 찾아내서 혼 좀 내 주세요."

저는 아주머니의 하소연을 듣고 있자니, 화장실에서 낙서한 아이들에게 화가 났습니다. 누군지 모르지만 철없는 장난으로 청소하시는 아주머니를 배로 고생시켰기 때문이지요. 게다가 위치상으로 가장 가까운 우리 반 아이들이 그 일을 한 것이 아닐까? 하는 생각에 저는 더욱 마음이 좋지 않았습니다.

이런 문제를 해결하기 위해 어떤 방법을 쓰는 게 옳을까요? 이 글을 읽는 분들은 어떤 해결책이 있나요? 사실 저는 특별한 해결책을 가지고 있지 않았습니다. 제가 할 수 있는 것은 단지 내일 아침 아이들을 만나서 무슨 이야기를 해야 하는지 곰곰이 머릿속으로 생각해 보는 일이었습니다.

아이들에게 화장실 낙서에 대해 이야기하고 다시는 그런 일을 하지 말라고 하는 게 옳을지, 아니면 우리 반 아이들 중에 혹시 그런 낙서를 한 아이가 있는지 확인해 보는 것이 좋을지, 그것도 아니면 그냥 아이들에게 그 낙서를 우리 반 친구들이 함께 지우자고 제안하는 것이 좋을지……. 이리저리 생각을 해 보다가 내린 결론은 내가 정말 원하는 것을 아이들에게 이야기하자는 것이었습니다.

제가 아이들에게 원했던 것은 먼저, 이런 낙서를 하면 청소를 하시는 아주머니가 더욱 힘들어진다는 사실과 이 일 때문에 아주머니가 당황하고 힘들어하신다는 것을 아이들이 알아주기를 바라는 것이었습니다. 그리고 혹시 우리 반 아이들 중에 낙서를 한 친구가 있다면 그 친구가 스스로 낙서를 지우고 아주머니에게 사과하기를 바랐습니다. 그래서 저는 아이들에게 제가 원하는 것을 이야기하기로 했습니다.

다음 날 아침 자습 시간에 저는 아이들을 보며 말문을 열었습니다.

"어제 선생님은 화장실 청소를 해 주시는 아주머니와 만났습니다. 아주머니는 아주 당황한 표정에 힘들어 보였어요. 왜 그런 표정이었을까요?"

아이들은 제 물음에 고개를 갸웃거리며 서로를 바라볼 뿐이었습니다. 저는 다시 말을 이었습니다.

"여자 화장실 벽에 온통 낙서가 되어 있었기 때문이에요. 아주머니가 우리 화장실을 청소해 주시느라 고생하시는 건 알고 있죠? 그런데 이번에 낙서를 지우느라 아주머니는 너무 힘들어하셨어요. 유성 펜으로 쓴 거라 다 지울 수도 없었다고 하는군요. 우리 중 누군가에게는 그저 장난이었겠지만 아주머니는 덕분에 많이 힘들게 되신 거예요."

저의 말에 아이들은 웅성거립니다. 아이들의 웅성거림

이 사라지자 저는 다시 말을 이었습니다.

"혹시 우리 반에 그 낙서를 한 친구가 있다면 선생님은 그 친구가 낙서를 지우고 아주머니에게 정중히 사과를 했으면 좋겠어요."

저의 말은 이게 다였습니다. 누가 그랬는지 본 사람을 찾거나, 그런 사람들이 얼마나 버르장머리가 없고, 남을 생각할 줄 모르는지에 대해 구구절절 설명하지도 않았습니다. 사실 이렇게 이야기한다고 해서 낙서를 한 아이가 누구인지 밝혀질 것 같지 않았습니다. 혹시 아이들 중에 그런 일을 한 아이가 있더라도 용기 있게 나서기 힘들 거라고 생각했기 때문입니다. 저는 그냥 아이들이 아주머니의 답답함을 이해해 주었으면 하는 기대뿐이었습니다.

그렇게 1교시가 끝나고 쉬는 시간이 되었을 때입니다. 우리 반 여자아이 2명이 쭈뼛거리며 제 책상으로 다가왔습니다.

"왜요? 무슨 일인데요?"

저의 물음에 아이 둘은 머리를 긁적이며 이렇게 말했습니다.

"그거 저희 둘이 한 거예요. 죄송해요."

"그거? 그게 뭔데요?"

"화장실에 낙서한 거요. 그냥 장난삼아 그랬는데 아주머니가 그렇게 고생하신 줄 몰랐어요."

"저희가 다 지우고 아주머니에게 사과할게요."

"어……, 그, 그래요."

이미 자신이 해야 할 일들까지 다 이야기하는 아이들 앞에서 저는 그냥 고개를 끄덕일 수밖에 없었습니다. 예상하지 못한 아이들의 행동에 당황스러웠지만 기분이 싫지는 않았습니다. 그리고 그런 아이들의 모습이 대견해 보였습니다.

"정말 깜짝 놀랐어요, 선생님. 화장실을 청소하러 갔더니 글쎄 아이들이 자기가 그린 낙서를 다 지우고 있네요. 게다가 죄송하다고 사과까지 했어요. 선생님이 착하시니까 아이들도 다 예쁘고 착하네요."

오후에 마주친 아주머니의 얼굴에는 미소가 가득했습니다. 아이들 덕분에 저도 착한 선생님이 된 것 같아 기분이 좋아졌습니다. 그렇게 기분 좋게 돌아가는 아주머니의 뒷모습을 보면서 저는 작은 깨달음을 얻었습니다.

만약, 제가 아이들 앞에서 닦달하듯 누가 범인인지를 캐물었다면, 아니면 그저 이 행동이 얼마나 나쁜 행동인지를 줄줄이 꺼내 놓았다면 우리 반 두 아이가 자기 스스로 문제를 해결하고 그리고 아주머니의 기분까지 좋게 만드는 대견한 일을 할 수 있었을까요? 혹시, 아이들은 화장실에 낙서를 한 사실을 감춘 것에 대해 무슨 큰 죄를 지은 것인 양 죄책감에 시달리지 않았을까요?

제가 아이들에게 하고 싶었던 말은 아이들이 아주머니의 입장에서 이 사건을 보고 행동에 책임을 지기를 바란 것이었습니다. 그리고 그것을 두 아이는 정확히 알아차리고 즉시 행동에 옮겼습니다. 꾸지람이나 질책 비난이 없어도 아이들은 원래부터 자신의 잘못을 살펴보고 그것을 해결할 수 있는 힘을 가지고 있습니다. 그러므로 저는 어른들이 아이들의 잘못 앞에 비난과 꾸지람을 하기 전에 아이들이 이해할 수 있도록 느껴야 할 일과 책임져야 할 일을 구체적으로 알려 주는 것을 우선시해야 한다고 생각합니다. 이렇게 누군가 상대방이 변화하기 원한다면 상대방에게 원하는 것이 무엇인지 구체적으로 이야기하는 것이 필요합니다. 더군다나 아이들이라면 더욱 분명하게 알려 주어야 합니다.

사실 누가 그 잘못을 한 건지 밝혀내고 아이를 꾸중하기 위해서 화를 내는 교사나 부모들은 없습니다. 오히려 어른들이 원하는 건 아이들이 자신의 행동이 다른 사람들에게 어떤 영향을 미치는지 공감하고 자신이 해야 할 일에 책임을 느끼고 실천하는 모습일 것입니다. 그것을 위해 우리 어른들이 아이들에게 도움을 주어야 한다면 기꺼이 그 일을 해야 하지 않을까요?

"네가 엄마를 괴롭히려고 이러는 거지?"

"너 지금 선생님에게 대드는 거니?"

지금 이 순간에도 어른들과 아이들은 알게 모르게 상처를 주고받고 삽니다. 학교에서나 가정에서나 수많은 갈등과 문제가 생기지만 이것이 평화롭게 해결되는 경우는 거의 없습니다. 보통 어른들이 힘을 써서 강제로 문제를 표면적으로만 해결하거나 아니면 아이들이 고집을 꺾지 않아 문제를 그대로 안고 가게 되기도 합니다. 그 사이에 어른과 아이들의 관계는 멀어져 갑니다.

"내가 그 버릇없는 녀석이 더 이상 대들지 못하도록 혼을 내 주었어."

"더 이상 동생을 괴롭히지 못하게 따끔하게 야단을 쳤어요."

위의 말을 한 어느 선생님이나 부모님이 진정으로 아이들과 만들고 싶은 관계는 무엇일까요? 그냥 부모나 교사의 말을 잘 듣는 아이를 만드는 것일까요? 아니면 아이가 부모가 자신에 대해 가진 애정과 관심을 전혀 알지 못해도 그저 자신의 말에만 복종하기를 바라는 것일까요? 그것도 아니면 아이가 선생님을 두려워하며 감히 다른 행동을 꿈도 꾸지 못하게 만드는 것이 정말 진정 어른들이 아이들에게 원하는 일일까요?

사실 지금까지 어른들이 아이들에게 원하는 것은 언제나 같았습니다. 공부를 잘하는 것, 미래에 좋은 직장을 갖는 것, 다른 사람에게 손가락질 받지 않게 사는 것, 이왕이면 경제적으로 넉넉한 것, 자신의 재능과 능력을 발휘하는 것 등등. 이런 것을 원하지 않는 어른들은 없을 것입니다. 그런데 이상하게도 이러한 것들은 모두 아이들에게만 요구되는 것들이었습니다. 모두 일방적으로 아이들이 해야 할 것들이지요. 어른들의 변화는 그 어디에도 찾을 수 없습니다.

"나는 우리 아이와 내가 서로의 생각을 이해하고 감정을 나누는 관계이길 바라."라고 이야기하는 어른들은 거의 찾아보기도 어렵거니와 혹시 그런 사람들도 대부분은 그런 관계를 위해 내가 해야 하는 일보다는 먼저 아이가 해야 할 일들을 요구하곤 합니다. 그래서 아이들과 대화를 나눌 때 이렇게 말하기 일쑤이지요.

"내가 널 이해하려고 그렇게 노력하는데 넌 어떻게 이렇게 행동하니?"

이 말을 하는 어른들은 관계를 변화시키기 위해 어떤 노력을 했을까요?

최근 저희 학교에서 본 성취도 평가 시험 결과가 가정에 통보되었습니다. 민지는 국어와 사회, 그리고 과학을 90점 이상 받았지만, 수학을 80점을 받아 의기소침해 있었습니다. 아침에 민지에게 부모님의 반응을 물어보니 민지는 이렇게 대답했습니다.

"다른 과목은 별 말씀 안 하시고 '수학은 몇 대 맞아야 겠구나.'라고 하셨어요."

이 말을 듣고 저는 마음 한쪽이 무거워졌습니다. 이 말을 직접 들은 민지의 마음속에는 어떤 생각이 들까요? 부모님이 아이의 미래를 애정과 관심을 갖고 지켜보고 응원하고 있다고 생각할까요? 아니면 '우리 부모님은 내가 모든 과목을 90점 이상 맞지 않으면 만족하지 않아.'라고 생각할까요?

만약 민지의 부모님이 민지 스스로도 이번에 본 시험 점수에 대해 안타깝게 생각하고 있다는 것을 안다면 이런 대답보다는 민지를 먼저 위로하고 격려했을 것입니다. 그랬다면 다음 날 민지의 학교생활이 조금은 행복해지지 않았을까요? 하지만 그런 일은 거의 일어나지 않습니다. 1년에 네 번밖에 안 보는 시험 결과가 좋게 나오는 것이 정말 아이와 부모 사이의 애정과 공감을 나누는 것을 포기할 만큼 어른들이 진정 원하는 것일까요?

세상이 더욱더 각박해지고 경쟁을 해서 살아남아야 하는 사회로 변해 가면서 아이들은 반복되는 시험과 그 점수 결과에 따라 웃고 울고 행복해하고 괴로워합니다. 그렇게 모든 아이들은 시험을 끔찍이 싫어하면서도 시험 전날 코피를 쏟아 가며 공부를 하고 가슴을 졸입니다. 그것은 모든 아이들이 시험을 통해 자신들이 어른들에게 인정받는다는 것을 알고 있기 때문입니다.

하지만 아이들이 시험을 보면서 받은 상처와 고통, 떨림과 두려움을 이해하고 함께 나누려고 하는 어른들은 거의 없습니다. 하루 중 반 이상을 함께 보내는 선생님도 살을 맞대고 살아가는 부모님들도 마찬가지입니다. 그 속에서 아이들과 어른들의 관계는 계속해서 멀어질 게 분명합니다.

손쉽게 통제할 수 있고 아무 갈등 없이 말 잘 듣는 아이들. 그리고 그들의 감정 같은 것을 들여다보지 않고 무조건 요구하고 강요하는 것을 당연하게 생각하는 어른들. 이것이 진정 어른들이 아이들에게 원하는 것일까요? 이렇게 점점 멀어지고 차가워지는 관계 속에서 과연 아이들과 어른들은 미래에 행복해질 수 있을까요?

누군가 상대방이 변화하기 원한다면 상대방에게 원하는 것이 무엇인지 구체적으로 이야기하는 것이 필요한 것처럼, 사랑스러운 내 아이, 또는 함께 행복하게 생활하기를 원하는 우리 반 서른 명 아이들과 서로를 이해하고 공감하는 관계가 되길 원한다면 좀 더 구체적이고 적극적인 어른들의 노력이 필요합니다.

그 첫 발걸음, 바로 대화입니다. 단순히 지시와 전달의 말이 아니라 서로의 감정을 이해하고 느낄 수 있는 대화, 아이의 감정을 이해하기 위한 방법뿐 아니라, 내 생각과 감정을 아이가 이해할 수 있도록 구체적으로 표현할 수 있다면 지금 우리의 경쟁 교육 속에서 상처받는 우리 아이들에게 어른들은 기댈 수 있는 따뜻한 언덕이 될 수 있을 것입니다.

 괜찮아, 그러니까 다 괜찮아

"선생님, 저 원래 그거 못해요."

3월에 아이들과 처음 만나고 난 뒤, 아이들에게 듣는 말 중 가장 기운을 빠지게 하는 말이 이 말입니다.

6학년 체육 시간, 매트에서 가장 기본적인 앞구르기를 해 보라고 해도 아이들 중에 대여섯 명은 이렇게 반응합니다.

"못하기 때문에 하는 거지. 잘하면 왜 배우겠어요? 자, 한번 해 봐요."

제가 이렇게 이야기하며 아이를 매트까지 오게 하지만 몇몇 아이는 마치 도살장에 끌려가는 소처럼 터벅터벅 걸어와서 고개를 숙이고 그저 시늉만 하거나 아니면 그대로 주저앉아 저를 빤히 바라봅니다. 그런 모습을 바라보면 답답한 마음이 가득합니다.

문제는 체육 활동뿐만이 아닙니다. 모든 과목에서 대여섯 명 정도는 전혀 하려고 하지 않는 무기력한 아이들이 보입니다.

"저는 원래 사회는 못해요."

"저는 수학은 전혀 자신 없어요."

"전 글쓰기를 제일 못해요."

"전 원래 그림 못 그려요."

이런 말을 듣고 있으면 저는 아이들이 지난 6년간 배운 것이라고는 교과 수업의 내용이 아니라 빨리 포기하고 체념하는 것이 아닐까? 하는 생각이 들어 마음이 착잡해집니다.

사실, 길게 생각해 보지 않아도 우리 아이들이 끊임없는 경쟁 속에서 살아간다는 걸 알 수 있습니다. 초등학교 1학년부터 6학년 때까지 남과 비교당하고 끊임없이 좋은 평가를 받아야 한다는 강박관념에 사로잡혀 있는 생활의 연속입니다. 그래도 의욕이 넘치는 1학년이나 2학년은 그나마 나은 편입니다. 6학년이 된 아이들은 이미 낙오자가 정해진 것처럼 생활합니다. 자기 인생의 7분의 1도 살지 않은 아이들이 말입니다. 그래서인지 1학년 교실과 6학년 교실은 뒤편 게시판도 차이가 납니다.

"1학년 애들이 6학년보다 훨씬 잘 그렸네요."

"우리 반 아이들이 1학년 4반, 반만 따라갔으면 좋겠네요."

6학년 교실 게시판에 붙어 있는 아이들의 작품들을 보

며 선생님들은 으레 한마디씩 합니다. 이것은 단순히 인사치레가 아닙니다. 실제로 아이들은 해를 더해 갈수록 그림 실력이 형편없어집니다.

손가락에 무언가를 쥐기 시작했을 때부터 무언가를 그리려는 즐거움에 가득 차 있던 아이들이 열세 살이 되어서는 "나는 원래 그림 못 그려요."라고 시큰둥하게 말하게 되는 현실은 왜 일어나는 걸까요? 이렇게 아이들이 시작도 하기 전에 먼저 포기를 선택하는 것은 무엇 때문일까요? 어쩌면 그것은 무한 경쟁과 실수를 인정하지 않는 사회 풍토 때문인지도 모릅니다.

몇 달 전 학급 대항 이어달리기 경기가 있었습니다. 학급별로 모든 아이들이 선수가 되어 경기를 하고 우승한 반에게는 트로피와 상장이 수여되기도 하는 제법 큰 행사이지요. 그렇기 때문인지 6학년 아이들도 많은 관심을 갖는 행사입니다.

물론 이 행사에서도 시작하자마자 각 반당 대여섯 명 정도는 몸이 아프고 머리가 어지럽다는 핑계를 대며 경기에 참가조차 하지 않습니다. 그런데 이상한 점은 분명 그 아이들이 1시간 전에는 기운이 팔팔했던 아이들이었다는 것입니다. 왜 이런 일이 생기는 것일까요? 자기 속마음을 털어놓았던 미연이는 이렇게 말합니다.

"잘 달리지도 못하는데 아이들이 못 달린다고 욕하면

창피하단 말이에요."

이런 이유를 알게 된 저는 첫 이어달리기 행사 때 아이들에게 이렇게 말했습니다.

"우승 같은 건 안 해도 되니까, 즐겁게 뛰세요."

저의 말에 성수가 손을 번쩍 들고 묻습니다.

"그럼 꼴찌 해도 뭐라고 하지 않으실 거예요?"

제가 고개를 끄덕이자, 이번엔 수민이가 대뜸 이렇게 말합니다.

"그럼 안 뛰고 걸어도 돼요?"

저는 어깨를 으쓱하고 대답합니다.

"자기 마음이죠."

"난 걸어야지!"

"나도 나도!"

아이들은 순간 시끌벅적해집니다. 모두들 걷기만 하면 다른 선생님에게 민망해서 어쩌나 하는 생각이 들었지만 별수 없는 일이지요.

하지만 경기가 시작되고 아이들이 출발선에 서자 아이들의 장난스러운 눈빛들은 사라지고 없습니다.

탕! 신호와 함께 아이들이 힘차게 달려갑니다. 걸어도 되냐고 물었던 수민이도 언제 그랬냐는 듯이 온 힘을 다해 달립니다. 이번 경기에서 우승 못 하면 앞으로 체육 시간은 없다는 말에 사력을 다하는 다른 반 아이들보다도

더 빠릅니다. 저에게 이러다간 정말 우승할지도 모르겠네
하는 기대가 생겼지요.

　그런데 그때였습니다. 신 나게 달리는 윤주가 그만 다
리가 걸려 넘어지고 말았습니다. 다른 반 아이들은 그새
앞서 가던 윤주를 따라잡습니다. 하지만 윤주는 몸을 일
으키고 다음 선수에게 바통을 건네줄 때까지 최선을 다합
니다.

자기 역할을 마치고 까진 무릎을 치료하러 보건실로 가
는 윤주의 얼굴이 울상입니다. 경기는 그렇게 끝이 나고
결국 우리 반은 4등을 하게 되었지요. 교실로 모인 아이
들은 흥분된 얼굴로 얼굴이 벌게져서 이렇게 웅성댑니다.

　　"어휴, 아까워. 윤주 때문에 졌잖아."

　　"맞아, 윤주만 아니었어도 우리가 1등 했을 거야."

　　"야, 윤주가 뭐 넘어지고 싶어서 넘어졌냐?"

　　아이들의 목소리가 수그러지지 않자, 제가 나섰습니다.

　　"자, 자, 여러분! 우리가 이어달리기를 시작할 때 어떤
마음이었죠? 모두 즐거운 마음으로 시작한 게 아닌가요?
지금은 왜 그렇지 못할까요?"

"하지만, 이왕 경기를 했으니까 이겨야 하잖아요."

준희가 당연하다는 듯이 말합니다.

"그럼 4등은 이긴 걸까요? 진 걸까요?"

"당연히 1등이 이긴 거죠."

수영이도 거듭니다.

"우리가 경기 시작하기 전에만 해도 걸어가겠다는 친구들도 있었잖아요. 그런데 10등도 아닌 4등을 했네요. 게다가 윤주는 달리다 넘어졌어도 끝까지 포기하지 않고 달렸잖아요. 그만하면 우리 반 친구들 모두 최선을 다한 거 아닌가요?"

"......"

제 말에 고개를 끄덕이는 친구들도 있었지만 우승을 못한 게 억울하다고 생각하는 친구들도 있었습니다.

이어달리기 경기를 모두 마치고 아이들과 저는 교실에 들어왔지만 윤주는 한참 동안 교실에 들어오지 않았습니다. 자신 때문에 경기에서 우승을 하지 못했다는 생각 때문이었지요.

몇 차례 설득 끝에 윤주는 교실로 들어왔고 아이들은 윤주를 더 이상 비난하지 않았지만 저는 마음이 답답했습니다. 아이의 말이 계속 맴돌았기 때문입니다.

"당연히 1등이 이긴 거죠."

아이의 말처럼 1등이 아니면 모두 지는 게 되어 버리는 세상. 얼마나 행복하고 즐거웠는지, 얼마나 최선을 다했는지는 아무 의미가 없는 세상에서 아이들은 달리기 하나에도 경쟁을 해야 합니다. 그래서 어떤 아이들은 친구들에게 욕을 먹을까 봐 아예 출전을 포기하고 어떤 아이는 최선을 다했어도 비난받을까 봐 울음을 터뜨립니다. 그래도 어쩔 수 없습니다. 아이들이 살고 있는 세상은 실수를 용납하지 않는, 1등이 아니면 모두가 패배자인 세상이기 때문입니다.

하지만 이런 세상이 조금이라도 달라지기 시작하면 아이들도 변하기 시작합니다. 그리고 그 속에서 아이들은 작은 순간이나마 경쟁에서 벗어나 서로를 바라볼 수 있는 시간을 갖게 됩니다. 몇 년 전 체육 시간 때 일입니다.

"선생님! 오늘 체육 시간엔 축구해요!"

축구를 좋아하는 기성이가 큰 목소리로 말합니다. 반에서 축구를 좋아하는 사람은 그리 많지 않습니다. 대여섯 명의 축구 마니아를 제외하면 말이죠. 게다가 축구를 할 때 기성이는 축구를 못하는 아이들을 윽박지르기도 합니다. 이번에 축구 경기를 해도 그런 일이 생길 게 뻔하기 때문인지 축구 마니아 아이들 이외의 아이들은 얼굴이 밝지 않습니다. 저는 그런 아이들을 쭉 둘러보며 기성이에게 이렇게 말했습니다.

"좋아요. 오늘 체육 시간에 축구를 하겠어요. 그런데

오늘 축구의 목적은 좀 달라요."

"네? 그게 무슨 말이에요?"

의아해하는 아이들에게 저는 미소를 지으며 이렇게 말했습니다.

"이번 축구 경기의 목표는 지는 것이에요, 그것도 멋지게 지는 거죠."

"뭐라고요?"

기성이가 눈이 동그래집니다. 이기는 경기가 아니라 지는 경기를 하라니 놀랄 수밖에요.

"아, 그렇다고 해서 아무것도 하지 않고 있자는 게 아니에요. 최선을 다해 지자는 말이죠."

아이들은 아직도 이해가 안 된다는 듯이 저를 바라보았습니다.

"그리고 우리 팀이 지는 데 가장 멋지게 도움을 준 남녀 두 명을 뽑아 상을 주겠어요."

아이들은 아직 이 해괴망측한 축구 경기를 이해하지 못했지만 모두 운동장으로 달려갔습니다. 여자아이들은 발야구를 하기로 하고 남자아이들은 축구를 하기로 했지요.

이렇게 시작된 축구 경기는 예전의 축구 경기와 완전히 달랐습니다. 팀을 나눌 때도 경기의 목적이 지는 것이기 때문에, 팀을 짤 때도 잘하는 사람을 고르려고 아옹다옹할 필요가 없었습니다.

이렇게 시합이 시작된 지 5분도 안 되어서 축구를 싫어하는 도민이는 천천히 운동장을 돌기 시작합니다. 옆에 가서 물어보니 오늘 자기는 운동장을 돌면서 산책을 하는 걸로 팀이 지는 데 공헌하기로 했다고 말합니다.

"아주 멋진데요!"

제가 칭찬을 해 주자 아이는 씩 웃음을 짓습니다. 또 다른 아이, 영호는 골대 앞까지 공을 몰고 가다 상대팀의 발에 걸려 어이없게 공을 내주고 맙니다.

"바로 그거예요. 아주 잘했어요!"

저의 칭찬에 약간 당황한 영호가 씩 웃습니다. 이러니 다른 아이들이 못한다고 비난을 할 수도 없지요.

이 시합에서 대다수 아이들은 행복합니다. 자기 마음대로 장난을 치기도 하고 삼삼오오 짝을 지어 놀기도 합니다. 신기한 것은 예전에 축구 경기를 할 때 항상 벤치에 앉아서 아무것도 하지 않았던 아이들도 이제 모두 운동장에서 놀기 시작했다는 것입니다. 심지어 평소에는 축구 마니아 아이들에 가려 한 번도 공을 잡아 본 적이 없던 도민이는 자기편 골대로 굴러 오는 공을 툭 쳐 내서 막아 내기까지 합니다. 물론 도민이는 산책을 멈추진 않았지요.

이러한 상황이 가장 못마땅한 사람은 다름이 아니라 주 공격수인 기성이입니다. 아이들에게 빨리 뛰라고 재촉해도 아이들이 느긋하기 때문입니다.

"에이, 선생님! 이러면 축구 경기가 재미없단 말이에요."

기성이는 저를 보고 투덜댑니다. 하지만 다른 아이들은 모두 낄낄대며 이 황당한 축구 경기를 나름의 방식으로 즐기고 있습니다. 재미없다고 느끼는 아이는 오로지 축구를 잘하는 아이들뿐이지요.

결국 기성이네 팀이 네 골을 넣어서 스코어는 4 대 1이었습니다. 압도적인 점수 차지만 이 축구 경기의 목적은 최선을 다해 지는 것이기 때문에 기성이네 팀은 승리한 것이 아닙니다. 그렇다고 1점을 얻은 상대편이 승리하지도 않았습니다. 이 경기는 승리 팀을 가리는 게 아니라 최선을 다해 지는 것이 목표였으니까요. 교실로 돌아온 아이들을 보며 저는 이렇게 말했습니다.

"오늘 축구 경기에서 발군의 실력으로 자기 팀이 지는데 큰 공을 세운 사람이 누구인가요?"

"민태요! 민태가 골대 앞에서 공을 헛발로 차고 발라당 넘어졌어요."

준호가 이렇게 말합니다. 아이들은 하하하 웃습니다.

"훌륭하군요. 오늘 최우수 선수예요 앞으로 나오세요! 모두 박수!"

아이들의 박수 소리와 웃음소리가 가득합니다.

이렇게 남자들 축구 경기에는 헛발질을 한 민태가, 여

자들 발야구 경기에서는 공을 잘못 굴려 포볼을 연속 세 번 한 선미가 뽑혔습니다. 저는 두 아이들에게 작은 선물도 주었지요.

그렇게 이상한 시합은 웃음소리와 함께 즐겁고 행복하게 끝났습니다. 축구 경기가 끝나면 언제나 너희들 때문에 졌잖아라고 말하며 아이들에게 성질을 부리던 기성이도 오늘만큼은 아무 말을 할 수가 없었습니다. 네 골 중에 두 골을 자기 손으로 넣어 4 대 1을 만들었지만 팀이 이긴 건 아닌 이상한 경험 때문에 약간 어리둥절한 표정을 보이긴 했지만 말이지요.

장난처럼 시작한 이상한 시합이었지만 아이들은 지금까지 제가 보았던 어떤 시합보다 훨씬 더 즐겁고 재미있게 참여했습니다. 그것은 아마, 시합에서 꼭 이기지 않아도 나름 즐겁고 행복하게 축구와 발야구를 할 수 있다는 걸 피부로 느꼈고, 자신이 실수를 한 것도, 미흡한 실력도 모두에게 격려를 받을 수 있다는 사실을 직접 체험했기 때문일 것입니다.

하지만 현실에서는 이런 일은 거의 일어나지 않습니다. 항상 다른 사람보다 앞서 가야 하고, 언제나 경쟁 상대와 비교당하고 살아가는 것이 당연하고, 어떠한 실수도 용납하지 않는 어른들 앞에서 아이들은 한없이 작아지고 위축됩니다. 그리고 급기야 자신은 아무것도 할 수 없는 사람이라고 단정짓거나, 실패할까 두려워 자신의 숨은 능력을 다 발휘하지 못하기도 합니다. 1등 지위에 있는 아이들이라도 행복하지는 않습니다. 그 자리를 지키기 위해 언제나 경쟁하고 끊임없이 비교당해야 하니까요.

만약 어른들이 조금이라도 아이들의 숨통을 틔워 주려고 생각한다면 어떨까요? 아이들이 살아가면서 겪는 수많은 실패에 비난과 꾸중보다는 격려의 손길을 내밀어 주면 어떨까요. 그리고 그 아이들에게 지금 너희들의 시기는 1등이 되기 위해 모든 것을 다 버리고 갈 때가 아닌, 즐겁고 행복하게 자신의 미래를 차근차근 만들어 가야 할 때라는 것을 말해 줄 수 있다면 어떨까요?

그런 어른들과 함께 살아간다면 우리 아이들도 인생의 달리기에서 잠시 멈춰 서거나 넘어지는 것을 두려워하지 않고 묵묵히 자신의 길을 만들어 가는 아이들로 자라날 수 있지 않을까요?

이상한 경기를 마친 다음 날 저는 컴퓨터로 커다랗게 출력을 해서 교실 게시판에다 아래의 글을 떡하니 붙여 놨습니다. 아이들은 시키지 않아도 그 글을 소리 내어 읽습니다. 그리고 저를 보며 씩 하고 웃습니다. 그 웃음이 왠지 가슴을 뭉클하게 만듭니다. 이 무한 경쟁 사회에서 내가 아이들에게 해 줄 수 있는 것이 이것밖에 없는 것 같다는 서글픈 생각이 들기 때문입니다.

괜찮아

실수해도 괜찮아
우린 이제 겨우 열세 살이야
지금 하는 작은 실수들이
우리의 멋진 꿈을 키울 거름이 될 거야

조금 늦어도 괜찮아
먼저 결승점에 도착하지 않아도
우리들이 흘린 땀방울만큼
몸도 마음도 더 튼튼해질 거니까
실컷 울어도 괜찮아
내 마음속 울림을 나타낼 수 없으면
친구들의 마음도 이해할 수 없잖아

괜찮아, 괜찮아
그러니까 다 괜찮아

구체적인 격려가 아이들을 춤추게 한다

"요새 아이들은 모두 공주 왕자로 커서 자기만 알아."

"부모들이 모두 오냐오냐, 잘한다! 잘한다! 하고 키워서 아이들이 이 모양이라니까."

"그러니까 아이들은 어렸을 때부터 엄하게 키워야 해."

텔레비전이나 신문에 학교 폭력이나 왕따 문제 등이 나올 때나 학교에서 자기만 알고 배려심이 부족한 아이들을 볼 때 어른들은 이렇게 한마디씩 말합니다. 가정에서 외동으로 커서 대접만 받다 보니 사회성도 부족해지고 자기가 하고 싶은 대로만 한다는 말입니다.

이런 말들만 들어 보면 요새 아이들은 부모들에게 떠받들린 채 살고 있는 것처럼 보입니다. 자기가 하고 싶은 대로 하고 살고 어떠한 어려움도 없는 자기만 아는 아이들……. 그런데 정말 지금 우리 아이들이 어른들에게 존중받으며 산다고 할 수 있을까요?

저는 아이들과 해마다 한 번씩 간단한 자아 존중감 검

사를 합니다. 자신이 누려야 할 인권이 무언지 알아 가는 인권 교육의 첫 발자국이 바로 자아 존중감을 높이는 것이기 때문입니다. 뿐만 아니라 자아 존중감이 높고 낮음은 아이들의 학습 능력과 대인 관계에도 영향을 미칩니다. 그래서 자아 존중감 검사 결과는 학급 운영이나 아이들 상담 등에 활용하기도 하고 인권 교육의 방향을 정하는 데도 유용하게 쓰입니다. 그리고 이 결과를 보면 지금 아이들이 어느 정도 존중받고 살고 있는지 쉽게 알 수 있습니다.

어떨까요? 자기만 아는 아이들, 오냐오냐 키워진 아이들이니 자아 존중감이 높게 나올까요? 그렇지 않습니다. 아이들 대부분의 자아 존중감 수치는 전혀 높지 않습니다. 그리고 그것은 공부를 잘하는 아이라도 크게 다르지 않습니다. 왜 이런 결과가 나올까요? 그건 바로 아이들이 존재 가치를 오로지 시험 성적을 통해서만 인정받기 때문입니다.

"이번 시험에서 1등 하면 엄마가 핸드폰 바꿔 준댔어요."

"평균 90점 못 넘어서 전 오늘 아빠한테 죽었어요."

"전 우리 엄마가 공부 못해도 된대요. 상관없어요."

성취도 평가 시험지를 받아 든 아이들이 한마디씩 합니다. 그런데 집에 가서 부모님의 칭찬을 듣게 될 아이나 꾸중을 들을 아이, 아니면 아무 상관도 없다는 세 번째 아이 모두 공부 자체에는 그다지 흥미가 없어 보입니다. 사실 이러한 모습은 너무나도 당연한 결과입니다.

시험 점수가 몇 점이냐 아니냐로 아이들을 대하는 어른들의 태도는 극과 극을 오가기 때문입니다. 그 속에서는 아이가 지금까지 한 노력과 작은 성공들은 전혀 인정받지 못합니다. 그럼, 시험 점수는 상관없다고 말하는 세 번째 아이는 어떨까요? 이 아이는 학교에서 배움의 즐거움을 느끼고 있을까요? 정반대입니다. 아이는 학교에서 일어나는 모든 배움의 과정에 거의 참여하지 않습니다. 아무것도 하지 않아 시험 점수가 나오지 않아도 어른들이 관심을 가지지 않기 때문입니다. 게다가 이런 아이들의 부모님들은 대개 아이의 시험 점수뿐 아니라 아이의 생활 전체에도 관심이 없는 경우가 많습니다.

이런 현실에서 아이들이 오로지 시험을 잘 보기 위해서 살고 있다고 표현하는 것도 이상할 게 아닙니다. 사실 어른들 대부분이 시험 점수로만 아이들의 존재 가치를 평가하고 있기 때문입니다. 아이들이 가장 많이 듣는 어른들의 말 중에 하나를 봐도 이것은 금방 알 수 있습니다.

"시험만 잘 보면 네가 원하는 건 다 해 주겠다."

이렇게 시험 점수만 좋으면 아이들은 어른들에게 왕자 공주의 대접을 받게 됩니다. 하지만 시험 점수가 나쁘면 아이들은 바로 자신의 지위를 박탈당합니다.

"시험 점수가 이게 뭐니! 이번 주 동안 컴퓨터는 금지야!"

그러니 아이들은 자신의 존재 가치를 확인받기 위해 끊임없이 공부를 할 수밖에 없습니다. 그 속에서는 친구들과 나누는 우정, 자신의 삶에 대한 고민은 생각할 여유가 없습니다. 요새 아이들이 철저히 자기중심적이고 셈이 빠르지만 정작 언제나 자신감이 없고 끊임없이 왕따 당할걸 두려워하며 친구들과의 작은 문제도 해결하지 못해 쩔쩔매는 모습을 보이는 것은 결국 우리 어른들이 아이들에게 시험에 갇힌 삶을 강요했기 때문은 아닐까요?

아이들이 시험 점수 말고 자신이 얼마나 소중한 존재인지를 생각할 수 있는 기회는 없을까? 그리고 부모님들이 좀 더 쉽게 아이를 격려를 할 수 있는 기회를 만들 방법은 없을까? 이런 고민들을 하다가 반 아이들과 시작한 것이 바로 '칭찬 편지 쓰기'입니다.

'칭찬 편지 쓰기'는 보통 선생님들이 하시는 칭찬 스티커나 칭찬 통장과는 조금 다릅니다. 이 편지는 부모님께 드리는 편지이기 때문입니다.

일주일에 아이들 한두 명에게 제가 쓴 칭찬 편지가 전달됩니다. 이 편지는 아이들이 읽는 편지가 아니라 부모님이 읽는 편지입니다. 편지의 내용은 아래와 같습니다.

OOO를 칭찬해 주세요

반가운 봄비가 촉촉이 내려 봄 가뭄을 일끔히 씻어 주는 요즈음, 가정은 평안하신지요.
 지난 일주일 동안 6학년 3반 아이들 중에서 OO가 가장 칭찬을 받을 만한 모범적인 행동을 해서 이렇게 부모님께서도 아낌없는 칭찬을 해 주시라고 편지를 드립니다.
 OO는 일주일 동안 수업 과제를 하는 데도 열심히 노력하는 모습을 보였고 수업 태도도 나날이 좋아지고 있습니다.
 뿐만 아니라 청소 시간에 다른 친구들이 다 집에 갔음에도 남아서 지저분한 곳을 찾아 꼼꼼히 청소하는 모습은 보기에 참 좋았습니다. 다른 반 선생님들도 OO의 이런 모습을 칭찬했답니다.
 일주일 동안 OO를 살펴보니 6학년 1년을 더욱 뜻깊고 열심히 생활할 수 있을 것 같아 기대가 큽니다. 부모님께서도 OO의 이런 모습을 많이 칭찬하시고 격려해 주시기 바랍니다.

2008년 3월 31일
6학년 3반 담임 이지규 드립니다

　이 편지를 받아 든 아이들의 얼굴에는 미소가 가득합니다. 보통 학교에서 부모님께 연락을 하거나 편지를 쓰는 것은 무슨 잘못을 저질렀을 때가 대부분인데 이렇게 담임선생님에게 부모님도 칭찬을 해 달라고 쓴 편지를 받으니 기분이 좋을 수밖에 없지요. 하지만 칭찬 편지에 대한 부모님들의 반응은 저와 아이들의 기대와는 많이 달랐습니다.

　작은 체구에 성격이 소심한 용주가 칭찬 편지를 가져간 다음 날 저는 용주에게 부모님이 어떤 칭찬을 했는지 물어보았습니다. 그랬더니 용주는 부모님이 편지를 받고는 아직 읽지 않으셨다고 대답했습니다. 사흘이 지나도 용주 부모님은 편지를 읽지 않았습니다. 용주의 얼굴에도 실망이 가득했지요. 나흘째 드디어 편지를 읽은 용주 부모님의 말씀은 달랑 이것뿐이었습니다.

"앞으로 선생님 말씀 잘 들어라."

활발하고 명랑하지만 언제나 자신은 공부를 못하고 잘하는 게 별로 없다고 생각하는 윤희도 칭찬 편지를 받았습니다. 당연히 윤희는 활짝 웃는 얼굴로 편지를 들고 집으로 갔지요. 하지만 다음 날 윤희의 얼굴은 울상이 되었습니다. 편지를 받아 든 부모님의 반응이 이랬기 때문입니다.

"이딴 거 안 받아도 좋으니 시험이나 잘 봐라!"

윤희 부모님의 반응은 윤희뿐만 아니라 저에게도 상처가 되었습니다. 만약 두 아이의 부모님이 아이들에게 정말 기쁜 얼굴로 격려를 해 주었다면 어땠을까요? 언제나 마음씨 착하고 선량한 용주도, 모든 수업에서 적극적이고 열심히 참여하는 윤희도 자신의 긍정적인 면을 바라볼 수 있는 소중하고 값진 선물을 받지 않았을까요?

위의 예에서 보듯이 많은 부모님들이 평소에 아이를 격려하는 일에 서툽니다. 자신의 아이를 사랑하지 않는 부모야 없겠지만 그 마음을 아이들이 알 수 있는 방법이 오로지 자기 시험 점수가 좋을 때뿐이라면 정말 슬픈 일입니다.

그런데 사실 평소에 격려를 받고 자란 아이는 그렇지 않은 아이들보다 자신감도 높고 문제를 해결하려는 의지도 높습니다. 특히 가정에서 부모님들에게 존중받고 격려받은 아이는 학교생활에서도 적극적입니다. 스스로 공부하고 학습에 흥미를 느끼는 아이들도 대부분 부모님들에게 격려와 지지를 받는 아이들이라는 것은 우리 어른들이 시험 점수 이전에 아이의 자아 존중감에 먼저 관심을 가져야 한다는 것을 말해 줍니다.

하지만 격려를 하는 것이 말처럼 쉬운 것은 아닙니다. 격려에도 주의할 점들이 있기 때문입니다. 아래 예는 그것을 잘 말해 주고 있습니다.

어느 날 명수는 잔뜩 인상을 구긴 채 선생님을 찾았습니다. 명수의 손에는 스케치북이 들려 있었지요.

"오늘 미술 시간에 그린 거예요."

선생님은 명수의 그림과 명수의 얼굴을 번갈아 보았습니다. 그리고 명수에게 기운을 북돋아 주기 위해 이렇게 칭찬을 하였습니다.

"와! 정말 잘 그린 그림인데. 마치 유명한 화가가 그린 것 같은데?"

그런데 이 이야기를 하자마자 명수의 인상은 어두워지더니 명수는 들고 있던 스케치북을 북 찢어 버리고 말았습니다. 선생님은 명수의 행동에 당황했고 화가 나서 명수의 버릇없음을 꾸짖었습니다. 결국 칭찬은 만병통치약이라고 생각한 선생님의 칭찬은 문제를 더 심각하게 만들고 말았습니다.

이 예는 무조건적인 칭찬이 아이들에게 이로운 만병통치약이 아님을 말해 주고 있습니다. 위의 칭찬은 아이의 상황은 전혀 고려하지 않은 채 교사가 일방적으로 아이에게 전달해 준 평가일 뿐입니다. 이러한 칭찬은 칭찬의 효과를 얻을 수 없을 뿐 아니라 오히려 악영향을 미칠 수도 있습니다.

먼저 칭찬하기 전에 아이의 상황을 파악해 보는 것이 좋습니다. 위의 예에서 명수가 스케치북을 선생님에게 보여 준 이유는 무엇일까요? 우리는 아이가 단지 선생님에게 칭찬받기 위함이 아니라는 것을 아이의 얼굴 표정만으로도 알 수 있습니다. 그렇다면 이럴 때 아이에게 형식적인 칭찬을 하는 것보다는 "열심히 그렸는데 원하는 대로 그림이 그려지지 않았나 보구나?"라고 아이의 감정을 이해해 주는 방법을 택하거나 아니면 칭찬이 아닌 격려를 해 주는 것이 더 좋았을 것입니다.

제 이야기에 많은 분들이 칭찬과 격려는 다 같은 것이 아닙니까? 하고 반문하는 분들이 많을 것입니다. 그러나 칭찬과 격려는 그 형식부터 다릅니다. 칭찬과 격려는 어떤 차이가 있는 것일까요?

아들러 학파의 교육 심리학자인 알프레드 드레이커스에 따르면 칭찬이 아이의 인격이나 습관에 대한 평가를 목적으로 한다면 격려는 아이의 구체적인 행동에 주목하여 아이가 스스로 문제를 해결할 수 있는 힘을 주는 것이라고 말합니다. 그래서 "너는 착한 아이야."라고 이야기하는 것은 칭찬이지만 "다른 사람을 먼저 생각하는 네 모습을 보면 선생님 마음도 즐거워져."라고 이야기하는 것은 격려입니다. 칭찬에는 평가가 들어가지만 격려에는 아이의 구체적인 행동과 그에 따른 교사의 감정이 함께 들어갑니다. 또한 "청소를 아주 깨끗이 했다."라는 것은 가치가 들어가는 칭찬이지만 "유리를 말끔히 닦아 놓았구나, 칠판도 반짝거리는 게 윤이 나는 것 같아."라고 이야기하는 것은 격려입니다. 격려는 칭찬처럼 단순한 평가를 중심으로 한 결과를 이야기하지 않고 구체적인 실제 상황들을 제시해 줍니다. 만약 그림을 들고 온 명수에게 "음……, 사람의 손가락을 자세히 표현한 것은 눈에 띄어서 좋구나. 그리고 사람들 표정이 하나하나 살아 있는 것도 재미있고."라고 이야기했다면 아이는 자신의 그림 실력에 대한 실망감을 이기고 좀 더 그림에 관심을 갖게 되는 기회를 가질 수 있을 것입니다.

그러므로 아이들을 평가하고 단순히 결과에 대해 이야기하는 칭찬보다는 아이들의 노력을 인정해 주고 그 과정

을 주목하는 격려가 아이들에게 자긍심을 길러 주고 자아
존중감을 키워 줄 수 있습니다. 다음은 격려하기 대화법
의 기본적인 방법입니다.

첫째, 아이들의 인격이나 성격을 가지고 칭찬하는 것을 피합니다.

아이들이 칭찬받을 만한 행동을 했을 경우에 사람들은
"참, 착하다!", "예쁘다!", "착한 어린이야!" 등의 칭찬을
하는 게 보통입니다. 이런 칭찬의 문제점은 아이들에게
칭찬이 형식적으로 느껴지게 한다는 것뿐만 아니라 아이
들에게 심리적 부담감을 주는 데 있습니다 . 교사나 부모
가 아이들의 모든 행동에 일일이 칭찬할 수는 없습니다.
그런데 만약 이런 식으로 칭찬받은 아이들이 다음에도 똑
같은 행동을 했는데 어른들에게 "착하다."라는 말을 듣
지 못했다면 아이는 자신의 행동을 잘못한 행동으로 생각
할지도 모릅니다. 아니면 어른들이 이제 자신을 좋아하지
않는다고 여길 수도 있습니다. 그러므로 아이의 어떤 행
동이 아이의 인격에 직결되는 것인 양 평가하는 것은 그
것이 질책이든 칭찬이든 좋지 않습니다. 행동 자체에 대
한 격려가 아닌 아이의 인격이나 성품을 평가하는 것은
피해야 합니다.

청소를 깨끗이 한 아이에게 단순히 "참 잘했다!"라고 말하는 것은 아이의 행동 발전을 가져오기 어렵습니다. 대신 좀 더 구체적으로 아이가 격려받을 상황들을 알려 주는 것이 좋습니다. 예를 들면 잘 정돈된 책걸상과 먼지가 없는 복도, 잘 닦인 거울 등 구체적인 예를 들어서 이야기하는 것이 좋습니다. 교사의 말이 진실로 아이의 행동을 변화시킨다고 믿는다면 형식적인 말이 아니라 아이들에게 관심을 기울이는 격려가 필요합니다.

미술 시간 내내 열심히 그림을 그렸지만 원하는 그림으로 완성하지 못해 불만인 아이가 있다면 그 그림을 "잘 그렸다."라고 칭찬하는 것은 악영향을 줄 뿐입니다. 그럴 때는 오히려 그림을 보면서 "이 그림을 보니까 제현이가 물감으로 각각의 나무들을 칠하는 데 노력을 한 것을 알 수 있겠다."라는 식의 말이 좋습니다. 즉 아이에게 결과보다는 과정이 중요하다는 것을 알려 주는 것을 통해서 결과는 기대에 못 미쳐도 그 과정이 인정받을 수 있다는 것을 알려 줄 수 있습니다.

넷째, 아이의 행동에 대한 자신이 느낌을 표현하면서 이야기합니다.

"남수가 할머니를 도와드리는 모습을 보면 선생님도 기분이 좋아져요."라는 식으로 아이의 행동을 보면 어떤 기분이 드는지를 구체적으로 알려 주는 것도 좋은 격려 방법입니다. 말이라는 것이 두 사람의 관계 속에서 이루어지는 것이기 때문에 아이의 행동이 다른 사람들에게 어떤 영향을 미치는지를 알려 주는 것이 아이가 행동을 잘할 수 있도록 도움을 줍니다.

다섯째, 예전 일과 비교해서 이야기하지 않습니다.

"지난번엔 뜀틀을 잘 못 하더니 이번에는 잘 넘었다."라는 식으로 예전의 잘못을 다시 상기시키는 칭찬은 그리 좋지 못합니다. 아이에게 자신의 실수나 못한 부분을 다시 생각나게 하는 것보다는 오히려 "두 손을 잘 짚고 뛰어넘는 것이 쉽지 않은데 오늘 훌륭하게 해냈구나."라고 이야기하는 것이 더 좋습니다.

여섯째, 아이의 능력으로 충분히 할 수 있는 일들을 격려하지 않습니다.

여덟 살 아이에게 "우유를 흘리지 않고 깨끗이 마실 수 있구나."식의 격려는 별로 도움이 되지 않습니다. 그 나이의 아이면 누구나 할 수 있는 일에 대해 칭찬하는 것은 오히려 역효과가 나기 때문입니다. 그리고 격려는 아이의 능력보다는 행동에 대한 격려가 더 효과적입니다. 또한 아이의 능력을 과도하게 칭찬하는 것도 피합니다.

　나이가 어린 아이들에게 격려를 할 때에는 아이의 행동을 격려해 주면서 그것이 어떤 것인지 알려 주는 것도 좋은 격려 방법입니다. "힘들어도 끝까지 달리기를 했구나! 그런 걸 끈기 있다고 이야기한단다." 등의 격려를 해 주면 아이들은 아이들 자신의 긍정적인 행동에 대해서 의미를 부여할 수 있습니다.

"착한 아이", "예의 바른 아이" 등의 추상적이고 의례적인 칭찬의 문제는 아이들을 사랑의 눈으로 보지 않는다는 데 있습니다. 사랑이 없는 말은 그것이 아무리 좋은 말이라고 해도 아이들의 가슴에 가닿지 않습니다. 칭찬은 고래도 춤추게 한다지만 아이들이 자신을 자랑스럽고 소중한 존재로 여기며 자유롭게 춤추게 할 수 있으려면 단순한 칭찬보다는 구체적이고 자세한 격려의 말이 필요합니다. 아이들 삶을 애정 어린 시선으로 바라보는 어른들의 말에서 아이들은 세상의 주인으로 살아갈 수 있는 힘을 얻기 때문입니다.

체벌을 넘어 평화로운 교실 만들기

"사랑의 매"

사랑과 매라는 모순적인 두 단어가 결합된 이 말은 불과 20년 전만 해도 대다수 사람들에게 거부감이 없는 말이었습니다.

하지만 이제 이 말에 대해 많은 사람들이 물음표를 던지고 있습니다. 그래서일까요? 요즈음에는 "사랑의 매"라는 상징적 표현보다는 "체벌"이라는 직접적인 말이 사람들 입에 더 많이 오르내립니다. 그러나 여전히 훈육의 도구로 체벌의 효과를 말하는 사람들이 많습니다. 체벌금지를 이야기하면 그 뜻은 동의하면서도 현재의 학교 현장의 어려움을 들어 어쩔 수 없다는 하소연을 하는 선생님들도 있습니다.

정말 체벌은 사라질 수 없는 필요악인 걸까요? 사실 체벌 대부분은 이성적 합리적 판단에 의해 훈육 도구로 사용되는 것보다 감정적으로 흥분된 상태에서 사용되는 경우가 많습니다. 특히 선생님과 아이들 사이의 관계가 삐걱거릴수록 이런 일들이 더욱 많이 일어납니다. 몇 년 전저희 반에서 일어났었던 체벌 사건이 바로 전형적인 예입니다.

사건은 여름방학이 다가오던 어느 날에 벌어졌습니다. 교과 선생님인 윤 선생님이 맡으신 실과 시간이 거의 끝나 갈 즈음, 6학년 교실 복도에 서 있던 태식이의 얼굴을 보고 깜짝 놀랐습니다. 태식이는 얼굴이 퉁퉁 부어 일그러져 있었고 눈물을 펑펑 흘리고 있었습니다. 어떻게 된 일이냐고 묻는 저에게 태식이는 울먹이면서 이렇게 말했습니다.

"실과 선생님이 단소로 마구 때렸단 말이에요."

저는 어떻게 이런 일이 생기게 된 것인지 이해가 되지 않았습니다. 평소에 조용하고 부드러운 실과 선생님이 단소로 태식이를 인정사정없이 체벌을 하셨다니 말입니다.

결국 태식이네 부모님이 오시고 윤 선생님이 사과를 하는 것으로 사건은 일단락되었습니다. 하지만 선생님들과 아이들을 깜짝 놀라게 했던 체벌 사건은 그리 쉽게 잊히지 않았습니다. 사실 사건은 갑자기 일어난 것이 아니었습니다.

태식이는 저희 반에서 장난을 많이 치고 명랑한 아이였습니다. 그리고 요즘 아이들답게 자기감정도 쉽게 내뱉는 아이였습니다. 뭔가 해 보라고 하면 처음부터 투덜대기 일쑤였지만 옆에서 조금 격려해 주면 씩 웃으며 곧잘 하는 아이인지라, 처음엔 힘들지만 지내 보면 정이 깊은 아이라는 것도 알 수 있습니다. 하지만 윤 선생님에게 태식이는 수업을 방해하는 아이로밖에 생각되지 않았습니다. 그도 그럴 것이 윤 선생님은 일주일에 딱 두 시간만 태식이를 보는 것이고 게다가 중간에 실과 선생님이 바뀌면서 태식이를 안 지 두 달이 채 되지 않았기 때문입니다. 결국 태식이는 언제나 실과 선생님이 꾸중하는 아이가 되었고, 태식이도 실과 수업 시간을 별로 좋아하지 않게 되었습니다.

"실과 선생님은 저만 혼낸단 말이에요."

윤 선생님이 화가 나서 태식이를 제가 있는 교무실로 보내면 태식이는 언제나 저에게 이렇게 불만을 토로했습니다. 저는 태식이를 달래기도 하고 가끔 따끔하게 잘못을 알려 주기도 했지만 태식이와 윤 선생님의 관계는 별로 달라지지 않았습니다. 결국 태식이와 갈등을 풀지 못한 윤 선생님에게 저희 반은 가장 가르치기 힘든 반이 되고 말았습니다. 결국 이렇게 문제가 해결되지 않은 채 윤 선생님에게 1학기를 마치는 마지막 수업 시간이 다가왔습니다.

그날 윤 선생님은 마지막 수업 시간에 아이들에게 막대

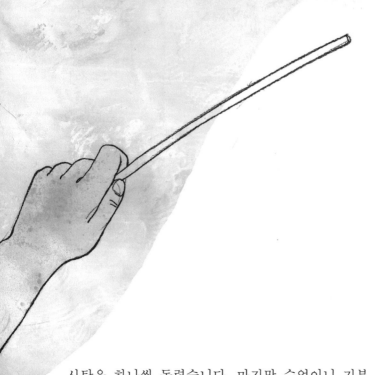

사탕을 하나씩 돌렸습니다. 마지막 수업이니 기분 좋게 끝내고 싶으셨던 것이지요. 게다가 10분 일찍 수업을 끝내고 남은 시간을 아이들에게 자유 시간으로 허락하셨습니다. 아이들은 환호성을 질렀고 그 순간 윤 선생님과 아이들 사이에는 어떠한 갈등도 없었습니다. 하지만 사건은 엉뚱하게 시작되었습니다.

윤 선생님이 자유 시간을 허락한 바로 그 순간, 태식이가 막대 사탕을 입에 물고 교실 앞으로 성큼성큼 걸어 나갔습니다. 곧이어 태식이는 분필 하나를 들고 칠판에다 주욱 선을 긋기 시작했습니다. 윤 선생님은 그 순간 분노가 치밀어 올라 견딜 수가 없었다고 합니다. 그렇게 윤 선생님이 책상 위에 놓여 있던 플라스틱 단소를 집어 들고 태식이의 얼굴에 단소를 휘두르기까지는 불과 몇 초도 걸리지 않았습니다.

사실 태식이가 분필로 칠판에 낙서를 한 것은 정말 아무 생각 없이 한 행동이었습니다. 하지만 윤 선생님에게는 태식이의 행동은 더 이상 화를 참을 수 없게 만든 행

동이었습니다. 윤 선생님은 태식이가 마지막 수업을 즐겁
게 끝내려는 자신의 의도를 송두리째 무시한 채 마지막까
지도 자신에게 대들기 위해 깐죽거리며 칠판에 낙서를 하
는 것이라고 믿었던 것입니다.

만약, 윤 선생님과 태식이의 갈등이 계속 쌓이지 않았
다면 윤 선생님은 태식이에게 가혹한 체벌을 하지 않았을
것입니다. 만약, 윤 선생님이 태식이의 행동을 단순히 장
난으로만 받아들였다면 단소로 얼굴을 때리는 가혹한 일
은 하지 않으셨을 것입니다. 그리고 만약 제가 이전 시간
에 사용했던 단소를 윤 선생님의 눈에 띄는 곳에 두지 않
았다면 태식이가 체벌로 심하게 다치는 일은 없었을 것입
니다.

이렇게 학교 현장에서 일어나는 체벌 대부분은 교육적
인 이유보다는 학생과 선생님의 관계에서 생긴 갈등이 곪
아 터지거나, 아이들의 말과 행동이 선생님의 감정을 자
극해서 일어나는 경우가 많습니다. 아이들의 말과 행동이
자신의 권위를 도전한다고 생각하거나, 선생님 자신의 통
제를 무시한다는 생각이 들 때, 이성적이거나 합리적인
판단을 할 수 없게 되는 것이지요. 그리고 이렇게 시작된
체벌은 아이들에게 더욱 큰 상처를 줍니다. 이러한 감정
적 체벌을 줄이기 위해서는 어떻게 하면 될까요? 저는 우
선 다음과 같은 방법을 사용해 보길 권합니다.

첫 번째로 할 일은 아이들에게 선생님들이 어떻게 대응하는지 잘 살펴보는 것입니다.

체벌을 하는 선생님들 중에 대부분은 아이들을 지도하는 데 어려움을 느끼고 아이들이 자신의 말을 전혀 듣지 않는다고 생각합니다. 아이들과 하는 일대일 대화나 수업 등 의사소통에서 아이들의 소위 "버릇없는 행동"은 문제가 될 수 있어도 선생님의 "대응"은 문제 될 것이 없다는 생각에서 먼저 변하는 것이 필요합니다. 그러므로 아이들의 말이나 행동에 따라 자신의 대응이 어떻게 이루어지는지 확인하는 것이 중요합니다. 왜냐하면 아이들은 선생님의 행동이나 표정, 말에 민감하게 반응하기 때문입니다. 우선 선생님의 태도 중 대표적인 문제 있는 대응 유형을 보면 다음과 같습니다.

1. 말 : 너무 많은 잔소리 / 호통치기 / 무시하기 / 인격 모독하기 / 위협하기 / 비아냥거리기 / 강제로 명령하기 / 비교하기 / 불분명한 의사 전달 / 감정에 격해 이야기하기 / 목소리 높이기로 위협하기 / 얼렁뚱땅 넘어가기 / 자신의 말만 계속하기 / 욕설하기 / 아무 말 하지 않기 / 고함치기

2. 표정 : 무표정한 얼굴 / 시선을 마주하지 않음 / 귀찮은

표정/화난 얼굴/노려보기/찡그리기/분을 참는 표정

3. 행동 : 한숨 내쉬기/손가락 하나로 가리키기/고개를 좌우로 흔들기/물건을 집어 던지기/고개를 돌리고 이야기하기/탁자를 땅땅 치기/손으로 밀치기/머리를 손으로 건들기/볼을 꼬집기/회초리 등의 도구를 사용하기/팔장 끼고 앉아 있기

선생님 자신의 잘못된 말과 행동은 이미 아이들과 나누는 의사소통 속에서 습관화된 방식이기 때문에 쉽사리 고치기 어렵습니다. 하지만 하나하나 자신의 태도를 고쳐 나간다는 생각을 가진다면 조금씩 아이들과의 관계가 변화됨을 느낄 수 있을 것입니다.

두 번째는 감정적 대응 자제하기입니다.

만약 아이들의 행동이나 말에 의해 감정이 폭발할 상황이라면 먼저 감정을 자제하고 효과적으로 선생님의 생각과 느낌을 표현할 방법을 찾아야 합니다. 감정적 대응을 자제하는 방법을 간단히 제안하면 다음과 같습니다.

먼저 더 이상의 대화를 중단하고 크게 2~3회 심호흡을 합니다.

감정을 안정시키는 데 효과가 있습니다. 이러한 상황에서는 아이와 계속 의사소통을 하는 것보다는 잠시 자리를 피하는 것도 좋은 방법입니다.

감정이 가라앉으면 왜 화가 나는지 생각해 봅니다. 자신이 화가 난 이유를 따져 봅니다. 예를 들어 지각을 한 아이와 이야기를 하는 도중 화가 난 경우에 선생님은 아이가 건성으로 대답하는 것 자체에 화가 났음에도 아이에게는 "지각한 것"과 "건성으로 대답한 것"을 함께 따져서 혼내는 경우가 많습니다. 그러므로 선생님은 자신이 무엇때문에 화가 난 것인지 확인하는 과정을 통해 자신의 분노가 필요 이상으로 확대되는 것을 막을 수 있습니다.

마지막으로 문제에 대해서 구체적으로 표현합니다. 선생님이 아이에게 화가 난 이유를 꼼꼼히 생각했다면 그부분이 무엇인지 아이에게 정확히 알려 주는 것이 중요합니다. 자신의 감정을 정확히 표현하기보다 호통이나 체벌을 하는 것에 익숙한 선생님들에게 이러한 감정 표현은 어려운 일일 수 있습니다. 그렇지만 다음의 방식들을 참고로 자신의 감정을 표현하고 노력하면 자신의 감정을 효과적으로 아이에게 전달하며 아이와의 갈등을 증폭시키지 않을 수 있습니다.

일반적으로 말로 표현할 때는 아이 키에 맞춰 무릎을 꿇거나 앉아서 이야기하며 시선을 맞춥니다. 이때, 아이의 어깨나 팔을 부드럽게 잡고 이야기하는 것도 좋습니다. 이야기할 때, 아이의 눈을 바라보고 이야기하지만 노려봐서는 안 됩니다. 또한 분명하고 확실한 목소리로 이야기하지만 짜증 내거나 성내는 목소리가 아니라 선생님의 감정을 이해시키는 데 목적을 둡니다. 만약, 아이가 선생님의 말을 계속 무시한다면 아이와의 관계에서 다른 문제가 있는 것이 아닌지 생각해 봅니다. 또한 아이가 의견을 말하면 중간에 말을 막지 말고 끝까지 들어 줍니다. 혹 감정이 너무 격앙되어서 말로 하기 어려울 경우나 아이가 구체적인 이해가 필요할 때 글을 사용하는 것도 좋은 방법입니다. 아이들 전체에게 이야기할 때에는 칠판을, 개별적 아이에게는 편지나 쪽지를 이용합니다.

세 번째는 체벌 방지 스티커 등을 만들어 체벌 상황을 예방하는 것입니다.

체벌이나 폭언 등은 갑작스럽게 발생할 수도 있습니다. 이러한 체벌 문제를 미연에 방지하기 위한 하나의 방법으로 체벌 방지 스티커 등을 만들어 체벌 상황을 예방하는 것도 좋은 방법이 될 것입니다.

체벌 방지 스티커를 만드는 것은 간단합니다. 먼저, 간단한 사진이나 그림을 이용해서 체벌 금지 내용이 적힌 그림을 만듭니다. 아이들과 함께한 즐거운 한때를 찍은 사진을 이용할 수도 있고 자신이 쉽게 알 수 있는 표식을 그려서 사용해도 좋습니다. 완성되면, 칠판이나 책상 등 선생님이 쉽게 볼 수 있는 곳에 부착합니다. 그리고 이 스티커를 부착한 교실에서는 체벌에 사용할 수 있는 모든 물건들(자, 단소, 빗자루 등)을 치웁니다. 또는 그럴 만한 물건들에 붙여 놓습니다. 이렇게 하면 감정적인 동요나 분노가 쌓였을 때도 체벌을 하지 않도록 자신의 의지를 굳게 할 수 있습니다. 학부모 총회 때 취지를 이야기하고 가정에도 스티커를 나누어 준다면 더 좋을 것입니다.

마지막 방법은 교실 평화 선언하기입니다.

선생님뿐 아니라 교실 전체에서 아이들과 선생님이 함께 갈등의 평화로운 해결과 모든 종류의 폭력 근절을 선언하는 "우리 반 평화 선언"을 하는 것도 의미 있는 일이 될 것입니다. 특히 서로 진지한 선언을 하는 것은 선생님이나 아이들이 좀 더 책임감 있게 체벌 문제나 학교 폭력 문제를 바라볼 수 있는 기회가 됩니다.

최근 체벌 금지에 대한 사회적 관심이 높지만 사실 감

정적 체벌은 체벌 금지를 제도화한다 하더라도 줄어들지 않을지도 모릅니다. 이러한 체벌 사건의 해결은, 선생님과 학생 사이의 관계 속에서 생기는 갈등을 좀 더 솔직하게 드러내고, 교실이라는 공간에서 학생과 선생님 사이의 바람직한 관계가 어떤 것인가에 대한 깊은 고민들이 모이지 않고는 해결될 수 없기 때문입니다.

20년, 30년 전까지 선생님과 학생의 관계는 선생님의 모든 말과 행동이 교육이란 이름으로 학생들에게 절대적인 권위와 영향력을 끼치는 수직적 관계였습니다. 이러한 관계에서는 효과적인 통제와 손쉬운 지도가 가능했지만, 학생들의 자율과 참여는 기대하기 어려웠습니다. 그런데 이제 시대가 변하여 선생님과 학생 간의 수직적인 관계가 도전받기 시작하였습니다. 학생들의 요구는 다양해졌고 더욱 거침없어졌습니다.

그것은 선생님에게 자신의 권위에 대한 도전 또는 전복으로까지 비치기 시작했습니다. "요새 아이들은 체벌하지 않고 가르칠 수 없다."라고 말하는 선생님들이 많아진 것도 당연합니다. 이제는 선생님의 권위로 아이들을 복종시키던 시대가 끝났기 때문입니다.

그렇다면 이제 선생님들에게 필요한 것은 무엇일까요? 예전의 권위를 그리워하며 아이들에게 매를 들어 자신의 권위를 유지하고 복종을 강요하는 것일까요? 아니면 학생들과 새로운 관계에 대해 깊이 성찰하고 힘겨운 도전을 시작해야 하는 것일까요? 당연히 우리 선생님들의 선택은 후자가 되어야 할 것이라고 생각합니다.

교육을 하나의 항해라고 생각할 때, 지금까지 우리는 선생님이 이 항해의 선장이 되어야 한다고 너무나 당연하게 생각해 왔습니다. 그래서 거친 파도나 험난한 암초 앞에서 승객의 안전을 책임지는 선장의 이미지는 선생님의 이미지와 다름없었습니다.

배와 함께 운명을 같이하는 선장의 모습이 숭고해 보이는 것처럼 선생님에 대한 긍정적인 이미지도 아이들을 위해 한평생 헌신하는 선생님의 이미지로만 우리에게 박혀 있었습니다.

결국 지금까지 우리 교육이라는 항해에서는 아이들은 언제나 손님이었고 선생님은 적어도 교실에서만큼은 획일화된 교육 시스템이라는 낡은 선원들과 함께 자신이 원하는 방향으로 항해할 권위를 가진 선장이었습니다.

하지만 시대가 변하면서 선원들의 변화뿐 아니라 승객들도 변하기 시작했습니다. 그에 따라 선장의 역할에 대한 다양한 논의들이 있어 왔습니다. 그런데 지금까지 이러한 논의들 속에서 항상 놓쳐 온 것은 이 항해가 올바른 방향이었는지 아니었는지를 떠나서 아이들에게 진정 필요한 것은 단순히 배를 타는 능력(교육을 수동적으로 받는 능력)이 아니라 스스로 파도를 이겨 내며 함께 항해를 하는 능력이라는 사실입니다.

그러므로 이제 새로운 신대륙을 발견하는 항해(우리 아이들이 만들 새로운 미래를 위한 교육)에서 선생님은 더 이상 선장의 자리에 있어서는 안 됩니다. 또한 획일화된 교육 시스템이란 낡은 선원도 함께 배에서 내려야 합니다. 그리고 지금부터 우리 아이들은 승객이 아니라 하나하나 함께 항해를 해 나갈 선원이 되어야 합니다. 마찬가지로 이 항해에서 선생님은 선장이 아니라 선원 중에 한 사람이 되어야 합니다. 저는 선생님의 역할이 키잡이의 역할로 바뀌어야 한다고 생각합니다.

키잡이도 선장과 마찬가지로 항로의 방향을 바꿀 수 있지만 결코 선원들의 의견과 생각을 무시하고 항해를 하지 않습니다. 함께하는 선원들도 마찬가지입니다. 이 항해에서 함께 서로를 존중하지 않으면 거친 파도를 헤쳐 나갈 수 없다는 것을 누구나 알고 있기 때문입니다. 더욱이 상업화, 인간성 상실, 물질 만능주의, 폭력과 권력이라는 이름의 암초를 헤쳐 나가 새로운 시대라는 신대륙을 발견하기 위해서는 더욱 서로에 대한 새로운 신뢰와 믿음이 필요합니다. 그 항해에서 키잡이는 바람과 물결의 방향을 파악하며 모두가 안전한 항해를 할 수 있도록 키를 잡은 손을 놓지 않으면 되는 것입니다.

이제 교육이라는 항해에서 더 이상 선장은 필요하지 않습니다. 선생님이나 아이들이 모두가 선장이고 모두가 선원이기 때문입니다. 아니 선장이 있긴 있습니다. 존재하지만 존재하지 않는 선장이자 나침반……. 우리 교육의 기본적 방향을 이야기해 줄 그 선장의 자리에 이제 "인권"이라는 두 글자가 와야 합니다.

갈등 해소를 위한 평화 회담

아이들과 선생님이 평화롭게 문제를 해결하는 교실에서는 체벌이 일어나지 않습니다. 체벌 대부분은 선생님과 아이들 사이에 뿌리 깊은 불신이나 감정의 골이 깊어졌을 때 생기는 경우가 많기 때문입니다.

하지만 아이들과 선생님들 사이의 문제를 해결하는 일은 쉬운 일이 아닙니다. 아이들과 관계를 개선하기 위해 대화를 시도했던 많은 선생님들이 아래와 같은 고민을 털어놓습니다.

"아이들과 갈등을 대화로 풀어 보려고 해도 잘되지 않아요."

"어떤 아이들은 아예 입을 다물고 이야기하려 들지 않아요."

이렇게 아이들과 깊이 있게 속 이야기를 털어놓는 대화는 거의 없습니다. 왜 교사의 의도와는 달리, 교사와 학생이 서로를 이해하기 위한 대화를 하기가 어려운 것일까요? 아이들에게 이것에 대해 물어보면 다음과 같은 답변을 얻을 수 있습니다.

"어차피 선생님은 우릴 야단치려고 부르는 거잖아요."

"선생님은 훈계만 하려 들지, 우리들 말을 듣지 않거든요."

아이들이 이렇게 답변하는 경우는 아이들 눈에 어른들이 아이들을 탓하기만 하는 사람으로 비치거나 선생님이 무조건 아이들을 도덕적으로 가르치고 훈계해야 한다는 강박관념에 빠져 있을 때입니다. 이럴 경우 아이들은 자신의 속내를 털어놓기보다는 입을 다무는 편이 더 많습니다.

많은 어른들이 아이와의 관계에 문제가 생기면 아이와 대화를 통해 협력하거나 갈등을 해소한다는 것은 어려운 일이라고 생각합니다. 어떨 땐 아이들이 이기적이며 자기 고집만 부린다고도 말합니다. 그런데 어른들이 아이들과 갈등을 해결하기 위해 대화를 시도할 때 얼마나 아이들의 의견을 존중하고 있는 것일까요? 아래의 예를 보며 한번 생각해 보시기 바랍니다.

"동수야 할 이야기가 있어."

"저 빨리 가야 해요. 엄마가 빨리 오라고 했어요."

"그러지 말고 내 이야기 좀 들어봐."

"그럼, 빨리 이야기해야 돼요."

"너 때문에 선생님은 설명을 제대로 할 수 없어."

"제가 뭘 어쨌다고 그래요?"

"선생님이 말할 때마다 네가 꼭 끼어들잖아. 수업도 방해되고 말야."

"알았어요. 안 그러면 되죠?" (막 밖으로 나가려고 한다.)

"아직 선생님 이야기 안 끝났어!" (언성이 높아진다.)

"바쁘단 말이에요."

"이 녀석이! 버릇없게!!"

위의 글을 살펴보면 선생님과 아이는 말을 하되 대화를 나누고 있는 것이 아닙니다. 아이는 이미 선생님은 잔소리만 하는 사람으로 생각하고 있고, 선생님은 아이에게 단지 지시를 하고 있을 뿐이지요. 서로를 이해하려는 어떠한 모습도 보이지 않으니 진정한 의미에서 대화라고 할 수 없습니다. 서로의 이야기가 끝나면 아이는 교사의 말을 듣고 다음부터 잘못된 행동을 하지 않을까요? 아마 그런 일은 일어나지 않을 것입니다.

아이와 해결할 문제가 있을 때 이런 식으로 끝나 버리면 교사는 감정이 상하게 되고 아이와의 관계도 서먹해지게 됩니다. 아마 아이는 교사의 얼굴을 보고 이미 상황을 짐작했을 것입니다. '또 무슨 꾸중을 할 게 분명해.'라고 생각하는 아이에게 막무가내 대화를 하는 것은 아무런 의미가 없습니다.

그렇다면 아이와의 갈등을 평화적으로 해결하고, 아이의 행동도 바람직하게 변화시키려면 어른들은 어떻게 해야 할까요? 이를 위해서 가장 먼저 생각해야 할 것은 아이를 동등한 인격으로 인정하는 것입니다. 그리고 그 방법 중에 하나가 바로 아이에게 평화 회담을 제안하는 것입니다.

8년 전 제가 5학년 체육 교과 담당을 맡았을 때의 일입니다. 교과 선생님들이 수업을 하다 보면 아이들과 궁합이 잘 맞아서 수업이 잘되고 기분도 좋은 반이 있는 반면 이상하게 아이들과 갈등이 많은 반이 있기 마련입니다. 저에게도 그런 반이 있었습니다. 바로 5학년 7반이었지요. 제가 5학년 7반 수업에 어려움을 느끼게 된 8할은 사실 용철이 때문이었습니다.

용철이는 마른 체구에 운동을 잘하고 축구를 좋아하는 아이였습니다. 그 나이 또래 아이들처럼 자리에 앉아 있는 것보다는 아이들과 뛰어다니길 좋아하고 장난치기 좋아하는 아이였던 용철이는 제 수업 시간에도 여지없이 장난을 많이 쳤습니다.

그런데 용철이의 문제는 제가 아이들을 모아서 이야기를 할 때 언제나 방해를 하는 데 있었습니다. 경기의 규척이나 자세 등에 대해서 이야기를 시작하면 어느 새 큰 소리로 질문을 해서 이야기의 흐름을 끊어 놓기 일쑤였고 수업과 상관없는 엉뚱한 질문들을 해서 수업의 흐름을 끊어 놓았습니다.

처음엔 저도 용철이의 말에 농담으로 받아넘기거나 간단히 주의를 주었지만 용철이의 행동은 전혀 나아지지 않았습니다. 7반 아이들과 수업을 하면 할수록 용철이에 대한 저의 꾸중은 조금씩 더 늘어났습니다. 그럴 때마다 용철이의 모습은 조금도 나아지지 않았습니다. 그러다가 드디어 사건이 터졌습니다.

그날은 아주 더운 여름날이었습니다. 네 시간을 연속으로 체육 수업을 하는 저는 더위에 지쳐 있었고 더위를 피해 그늘에 모여 있던 아이들도 더위 탓에 기운이 없어 보였지요.

"자, 오늘은 공을 주고받는 연습을 할 거야. 지금부터……"

그때였습니다. 예전처럼 용철이가 제 입을 막고 이상한 질문을 하기 시작했습니다. 평소 같으면 용철의 말을 꾹 참고 넘어갔을 테지만 그날은 저 스스로도 너무 지쳐 있었던지라 그만 용철이에 대해 참고 참았던 화가 폭발하고 말았습니다.

"김용철! 그만 못 하겠어!"

화가 난 제 목소리에 순간 아이들 모두가 얼어붙었습니다. 용철이도 깜짝 놀란 듯했지만 어느새 입이 비죽 나왔습니다. 그 모습을 보니 저는 더욱 화가 났지요.

"김용철 교무실로 따라와!"

저는 무서운 표정을 지으며 이렇게 말했습니다. 용철이는 쭈뼛거리며 겁먹은 표정으로 제 앞으로 나왔습니다. 운동장에 남겨진 아이들에게 우선 그늘에서 휴식을 취하도록 한 뒤 저는 용철이와 함께 교무실로 걸음을 옮겼습니다.

사실 교무실로 자리를 이동한 이유는 그 시간 동안 제 마음속의 화를 다스리기 위해서였습니다. 만약 그 자리에서 용철이를 혼냈더라면 체벌이나 폭언이 일어날지도 몰랐기 때문입니다. 저는 교무실을 향해 걸어가면서 크게 심호흡을 했습니다. 교무실이 가까워지자 저의 화는 어느새 가라앉고 있었습니다. 이제는 어떻게 이 문제를 해결할 것인지에 대해 곰곰이 생각했습니다. 그때 떠오른 것이 바로 용철이와 제가 서로 원하는 것을 직접 이야기해 보는 것이었습니다.

"자리에 앉으렴."

교무실에 들어오자마자 저는 용철이에게 이렇게 말했습니다. 용철이는 여전히 굳은 표정으로 자리에 앉았습니다. 저는 교무실 책상 서랍에서 종이와 연필을 꺼내 들었습니다. 분명 교무실에서 벌을 서거나 심하게 야단을 맞을 거라고 생각했던 용철이는 의외의 모습에 눈이 조금 커졌습니다. 저는 용철이와 대화를 시작했습니다.

"선생님은 요새 수업 시간에 계속 짜증이 난단다. 왠지 아니?"

"……"

"너하고 선생님 사이의 문제 때문이야. 선생님은 너에게 큰소리를 내야 하고 그러면 네 마음도 안 좋아지고……. 그래서 선생님은 이 문제에 대해서 용철이와 함께 해결했으면 좋겠어."

"어떻게요?"

그제야 아무 말도 하지 않던 아이의 입이 떨어졌습니다.

"먼저 용철이가 선생님에게 바라는 게 무엇인지 한번 알아보자. 선생님에게 원하는 걸 뭐든지 이야기해도 좋아."

저는 종이를 용철이 앞에 꺼내 놓고 연필을 꺼내 들었습니다.

"음……, 전 선생님이 수업 시간에 저에게 꾸중을 하지 않았으면 좋겠어요."

용철이가 떠듬거리며 말합니다. 저는 종이에다 '수업 시간에 선생님이 용철이에게 꾸중을 하지 않는다.'라고 썼습니다.

"그리고, 또 없니?"

"그리고 선생님이 제가 농담을 할 때 웃으면서 받아 주셨으면 해요."

용철이의 표정이 어느새 부드러워집니다. 저는 마음속으로는 '이 녀석, 농담도 정도껏 해야지, 그게 농담이냐!'라고 말하고 싶은 걸 꾹 참았습니다.

"내가 농담할 때 웃지 않으니까 기분이 안 좋은가 보구나."

"네 그래요. 특히 저를 노려보고 그러면 아주 기분이 안 좋아요."

"알겠다."

저는 다시 종이에 '수업 시간에 용철이의 농담을 잘 받아 주고 용철이를 노려보지 않았으면 좋겠다.'라고 썼습니다.

"또 있니?"

"아니요. 이제 없어요."

용철이가 씩 웃으며 대답합니다. 어느새 용철이 얼굴에 미소가 그려집니다. 그와 동시에 제 마음속의 화도 차츰 사그라집니다. 저는 사실 그때까지 용철이가 수업 시간에 저를 무시한다고 생각했기 때문입니다. 용철이의 이야기가 끝나자 저는 이제 제 이야기를 하기 시작했습니다.

"좋아, 선생님도 이야기를 해 볼게. 먼저 선생님은 중

요한 설명을 할 때 용철이가 농담을 하지 않았으면 좋겠다."

저는 선생님이 바라는 것이라 쓰고 '용철이가, 중요한 이야기할 때 농담하지 않으면 좋겠다.'라고 썼습니다.

"그리고 용철이가, 공부할 때 집중해서 잘 들었으면 좋겠어."

저는 또 종이에 '용철이가, 공부할 때 집중해서 잘 들었으면 좋겠다.'라고 썼습니다. 그리고 저는 용철이를 바라보았습니다.

"자, 선생님이 바라는 것은 이 정도야. 이제 우리 둘의 의견을 알아봤으니 어떻게 해결하면 좋을지 생각해 볼까? 어떻게 하면 좋을지 네가 먼저 이야기해 보렴."

사실, 저는 이 문제를 해결할 방법이 없었습니다. 용철이는 수업 시간에 저에게 농담을 하길 원하고 그때마다 제가 즐겁게 그 농담을 받아 주길 원했습니다. 저는 중요한 이야기를 할 때마다 용철이가 농담을 하는 것을 원하지 않았고요. 그러니 제가 생각할 수 있는 해결 방법은 둘 중 한 사람이 자기가 원하는 것을 포기하는 방법밖에 없었지요.

'용철아, 너에겐 어떤 해결 방법이 있니? 응?'

저는 이런 표정으로 용철이를 빤히 바라보았습니다. 용철이는 잠시 생각에 잠기더니 이렇게 말했습니다.

"음……, 그럼 선생님이 중요한 말씀을 하실 때마다. 저에게 '용철아, 이건 중요한 이야기야.'라고 말씀하시면 되잖아요. 그럼 제가 그땐 농담을 안 할게요."

"오호! 그거, 정말 좋은 생각이구나!"

저는 용철이의 아이디어에 눈이 동그랗게 커졌습니다. 저는 해결 방법이 없다고 생각한 문제를 용철이가 아주 쉽게 풀어 버렸기 때문입니다.

저는 종이에 '선생님이 용철이에게 중요한 이야기야라고 말해 주면 용철이는 농담을 하지 않고 잘 듣는다.'라고 썼습니다.

"좋았어. 선생님도 그렇게 하는 게 좋겠는걸. 아주 좋은 방법을 알려 주어서 고맙다."

저는 웃으며 용철이를 바라보았습니다. 용철이는 부끄러운 듯 수줍게 웃었습니다. 그리고 운동장으로 돌아가는 우리 두 사람은 손을 꼭 잡고 있었습니다. 처음에 교무실로 들어갈 때와는 완전히 다른 모습이었지요.

그 사건 이후 저는 더 이상 용철이에게 화를 내지 않았습니다. 단지 중요한 이야기를 할 때 용철이를 바라보며 '용철아, 지금부터 중요한 이야기를 할 거란다.'라고 말하는 게 전부였습니다. 그러면 용철이는 씩 웃으며 제 이야기가 끝날 때까지 입을 다물었습니다. 만약 제가 교무실에서 용철이에게 야단을 치거나 벌을 서게 했다면 용철이와 저의 관계가 이렇게 좋아질 수 있었을까요? 교사와 학생의 수직적인 관계로 무조건 훈계하려고만 들었다면 용철이는 자기의 속마음을 드러내려고 했을까요?

이 경험은 저에게 아이들과 함께 문제를 해결해야 할 때 어른들이 아이들을 동등한 존재로 인정해 주는 것이 얼마나 중요한지를 깨닫게 해 주는 소중한 경험이었습니다. 그리고 용철이와 함께 고민했던 이 방법을 저는 "갈등 해소를 위한 평화 회담"이라는 이름으로 부르게 되었습니다.

"갈등 해소를 위한 평화 회담"은 아이들과 어른들 사이의 갈등 상황이 첨예하게 대립하거나 아니면 아이들과 함께 중요한 부분에 대한 토론을 할 때, 교사의 권위를 내세우거나 아이의 의견을 수용하는 방식이 아니라 아이와 교사 스스로가 동등한 자리에서 합리적으로 해결해 나가기 위한 방법입니다. 그 방법은 아래와 같습니다.

먼저, 다른 사람에게 방해가 되지 않고 이야기를 쉽게 할 수 있는 조용한 장소에서 종이 한 장과 연필을 준비하고 아이들과 이야기를 시작합니다. 만약 교사나 학생의 감정이 너무 격앙되었을 때는 잠시 시간을 두어 두 사람의 감정이 충분히 가라앉은 후 시작합니다.

두 번째로, 갈등을 일으키는 문제를 아이에게 설명하고 먼저 아이가 원하는 것이 무엇인지를 들어 봅니다. 이때 아이의 말 속에 모순되는 부분이 있거나 아니면 너무 억지스러운 주장이 있더라도 이야기를 중간에 막지 말고 끝까지 듣습니다. 아이의 이야기를 먼저 듣는 것은 어른의 말이 먼저 이야기될 경우, 논리나 말주변이 없는 아이들은 자기 이야기를 꺼내려 하지 않을 수도 있기 때문입니다. 이야기를 들을 때는 그 기분이나 느낌을 공감하면서 잘 듣는 것이 중요합니다. 들은 이야기는 처음부터 끝까지 자세히 종이에 적고 아이에게 확인합니다.

세 번째로, 아이의 이야기가 완전히 끝난 후, 어른들이 아이에게 원하는 것에 대해서도 구체적으로 이야기를 하고 적어 놓습니다. 그때 주의할 점은 아이가 쓴 이야기를 수정하거나 반박하려 들지 않아야 한다는 점입니다.

네 번째로 이 문제를 해결할 수 있는 방법에 대해 서로 이야기해 봅니다. 이때, 우선권은 아이에게 먼저 줍니다. 모든 해결 방법은 종이에 적은 후 교사와 아이의 다양한 해결 방안 중에 서로 마음에 드는 것이 어떤 것이 있는지 이야기합니다.

다섯 번째로 만들어진 해결 방법 중에 두 사람이 합의할 수 있는 최선의 해결책을 만들고 실제로 지켜 봅니다. 이때, 잘 지켜지지 않는다고 해서 어른들이 일방적으로 약속을 깨거나 아이를 비난해서는 안 됩니다. 만약 해결 방법에 문제가 있으면 다시 대화를 해서 의견을 조정해야 합니다.

　분명 "갈등 해소를 위한 평화 회담"은 말처럼 쉬운 방법은 아닙니다. 지금까지 아이들과 어른들 사이의 문제를 해결하기 위해서 우리는 대부분 권위적인 방식을 이용했고 그것이 훨씬 간단한 방법이었습니다. 하지만 무조건적인 훈계와 체벌로 이루어진 관계 속에서 우리는 평화와 인권을 이야기할 수 없습니다. 어렵지만 그리고 더디지만 서로를 존중할 수 있는 문제 해결 방법들을 고민하고 실천할 때만 교실에서 그리고 가정에서 진정한 평화가 꽃필 것이 분명합니다.

　이 글을 쓰는 동안에도 선생님이 가혹하게 아이를 체벌한 사건, 아이가 선생님을 때린 사건들이 인터넷을 오르내리고 있습니다. 하지만 인터넷상에는 양쪽에 대한 비난만 있을 뿐 왜 서로를 신뢰해야 할 둘 사이가 왜 이렇게까지 될 수밖에 없었는지, 어떻게 하면 스승과 제자라는 관계가 존중과 사랑의 관계로 바뀔 수 있는지에 대해서는 아무도 이야기하지 않고 있습니다. 이제는 어른들 먼저 변화를 시작할 때입니다. 평화를 위해 힘들고 어려운 실천을 시작할 때입니다.

아이들 스스로의 힘을 믿으세요

"선생님 불소 양치 안 하면 안 돼요?"

벌써 7년 전의 일입니다. 우리 반 준태가 불만이 가득한 얼굴로 저에게 다가와 이렇게 말합니다. 준태만이 아닙니다. 아이들은 불소 양치를 좋아하지 않습니다. 불소 양치란 불소를 탄 물을 입안에서 오물거리다가 헹구는 일을 말합니다. 충치 예방을 위해 학교에서 매주 수요일마다 불소가 든 통이 각 반에 전달됩니다. 그러면 아이들은 하나씩 나와 불소 용액으로 입안을 헹궈야 합니다. 아무리 충치 예방이라지만 미끌미끌한 것 같고 기분이 별로 좋지 않은 불소 탄 물을 입에 넣으려니 아이들은 죽을 맛입니다.

수돗물 불소화나 불소 양치 모두 많은 논쟁이 되고 있는 게 사실입니다. 불소 양치를 통해 충치를 예방할 수 있다는 쪽과 독성 물질인 불소가 몸에 해롭다는 사람들의 의견이 제각각입니다. 그런데 불소가 우리 몸에 해로운

가? 그렇지 않은가? 식의 논쟁을 하기 전에 먼저 대답해야 할 것이 있습니다.

그것은 만일 불소 양치가 몸에 이롭다고 확실시된다고 해서 그것을 아이들에게 강제로, 억지로 시켜도 되는 것일까? 적어도 아이들에게 불소 양치에 대한 충분하고 정확한 정보를 주고 나서 아이 스스로 결정할 수 있게 해 주었는가 하는 물음입니다. 하지만 학교에서 시행하는 불소 양치는 무조건 누구나 해야 합니다. 그래서 선생님들과 아이들은 불소 양치를 하느냐 마느냐로 실랑이를 벌이기도 합니다. 어떤 선생님들은 "전 골치 아파서 불소 통을 받으면 그냥 버려 버려요."라고 말하기도 합니다. 결국 불소 양치는 학교에서 이러지도 저러지도 못하는 애물단지가 된 것이지요.

아이의 불만 섞인 물음을 듣고 엉뚱한 생각이 떠올랐습니다. 문득 불소 양치를 무조건 해야 하는 학교 상황을 바꾸는 문제를 아이들이 해결해 보는 경험을 가지는 것이 더 좋을 것 같다는 생각이 들었던 것입니다. 불소 양치는 대다수 아이들이 문제라고 느끼는 일이라 이 기회에 아이들이 자기 권리가 무엇인지 생각해 볼 수 있겠다 싶었던 것이죠. 그래서 저는 준태에게 이렇게 말했습니다.

"글쎄요. 불소 양치는 선생님이 결정한 사항이 아니고 학교 전체에서 계획해서 하는 거니까 교장 선생님께 직접 가서 이야기해 보는 게 어떨까요?"

　보통 때 같으면 교장 선생님에게 이야기해 보란 말에 불만이 가득 찬 얼굴로 "됐어요." 하고 자리에 앉을 준태였지만 이번엔 달랐습니다. 그전에 수돗물 불소화와 관련된 찬반 토론도 해 본 적이 있는 터라 준태와 아이들은 조금 자신감이 있었나 봅니다.

　결국 교장실에 가 보겠다는 아이들이 준태를 포함해서 다섯 명이나 되었습니다. 아이들은 결의에 찬 표정으로 나에게 다녀오겠다는 말을 남긴 채 교실 밖으로 씩씩하게 걸어 나갔습니다. 아이들의 첫 반란은 어떻게 될까? 아이들은 교장 선생님을 설득하는 데 성공하고 불소 양치를 안 하는 자유를 얻게 될까? 나는 그 결과를 기대하며 아이들을 기다렸습니다.

　잠시 뒤, 교실 문을 열고 준태와 아이들이 들어왔습니다. 자기 머리를 어루만지며 아쉬운 표정으로 돌아오는 걸로 봐서 아이들의 첫 반란은 성공을 하지 못한 것이 분명했습니다.

　"어떻게 됐나요? 성공인가요?"

　"그게 말이에요……."

　준태는 약간 억울하다는 듯한 표정으로 교장실에서 있었던 일을 이야기했습니다.

　준태와 아이들은 용감하게 교장 선생님을 찾아갔습니

다. 갑자기 들이닥친 6학년 아이들 다섯 명의 모습에 교장 선생님은 깜짝 놀라셨나 봅니다. 아이들이 "교장 선생님 왜 불소 양치를 해야 돼요? 안 하면 안 돼요?"라고 물어봤을 때 교장 선생님이 간신히 내뱉은 말은 이 말뿐이었다고 합니다.

"그…… 그런 건, 보건 선생님에게 물어보렴."

하지만 교장 선생님의 말씀에 물러설 아이들이 아니었습니다. 교장 선생님에게 만족할 만한 대답을 듣지 못한 아이들은 곧바로 보건실로 달려갔어요.

"보건 선생님 왜 불소 양치를 해야 돼요? 안 하면 안 돼요?"

하지만 준태와 아이들은 보건 선생님에게 답변을 듣지 못했습니다.

"선생님이 주먹을 쥐더니 머리를 숙이고 시속 60킬로미터로 달려오라고 했어요."

결국, 아이들은 모두들 꿀밤을 맞고 아무 소득 없이 교실로 돌아오게 된 것입니다. 아마 보건 선생님도 아이들의 갑작스러운 방문과 난데없는 질문에 당황스러웠을 것입니다. 그리고 다섯 아이들이 참새처럼 시끄럽게 재잘대는 것이 버릇없게 여겨졌을지도 모릅니다. 하지만 교장 선생님이나 보건 선생님 둘 중에 한 사람이라도 아이들이 이해하도록 설득하는 사람들이 아무도 없었다는 것은 참

아쉬웠습니다.

사실 대다수 아이들은 자신의 생각이나 주장을 어른들에게 이야기하는 방법을 잘 모릅니다. 그래서인지 아이들이 어른들에게 불합리한 일에 대해 문제 제기를 하거나 불만을 이야기하면 어른들 대부분은 그 주장이 올바른지 아닌지를 생각하기보다는 아이들이 그런 주장을 하는 것 자체를 버릇없는 짓으로 단정짓거나, 아니면 아이들이 말하는 태도를 문제 삼습니다. 하지만 어른들은 아이들에게 어떤 식으로 이야기하면 더 효과적으로 자신의 주장을 전달할 수 있는지, 어떻게 이야기해야 상대방이 기분 나쁘지 않게 자기주장을 알릴 수 있는지는 알려 주지 않습니다.

아이들이 자신의 생각을 잘 표현하기 위해서는 더 많은 경험과 더 많은 기회가 있어야 하고 아이들이 자신의 문제를 해결할 수 있는 힘을 기르기 위해서는 어른들의 지지와 조언이 필요함에도 말입니다. 결국 어른들은 아이들이 스스로 문제를 해결할 힘을 기를 수 있도록 기회를 주지도 않으면서 아이들을 미성숙한 존재로 단정하고 있는 것은 아닐까요?

"아쉽네요. 다음에 불소 양치 문제를 해결하기 위해 가려면 오늘처럼 그냥 가지 말고 좀 더 준비를 하고 가면 어떨까요?"

저는 아이들에게 넌지시 이렇게 말했습니다. 그리고 이제 아이들은 자신이 처한 인권 문제를 해결하는 방법들을 고민할 때가 되었다고 생각했지요. 그래서 저는 아이들과 함께할 인권 교육을 준비하기로 마음먹게 되었습니다.

며칠 뒤, 아이들과 함께한 인권 교육의 주제는 '우리 학교에서 일어나는 인권침해 문제 해결해 보기'였습니다. 아이들이 학교에서 발견한 인권 문제를 가지고 자신이 할 수 있는 방법으로 이 문제를 해결할 수 있는 방법을 직접 해 보는 수업이지요.

아이들은 수업 내내 진지한 표정으로 자신만의 해결 방법들을 고민했습니다. 체벌 문제를 고민했던 아이는 4학년 때 자신을 체벌했던 선생님에게 편지로 체벌을 받았을 때의 심정과 부탁의 말을 써 나갔고 또 다른 아이는 중앙 계단을 마음대로 이용하자는 팻말을 열심히 만들었습니다. 준태와 다섯 아이들은 당연히 불소 양치를 없애자는 운동을 준비하고 있습니다. 아이들이 선택한 것은 바로 서명운동이었지요.

아이들은 서명판을 만들어서 불소 양치를 안 하기 위한 서명을 시작했습니다. 서명이 시작되자 아이들이 열렬히 호응을 했습니다. 공개수업인지라 다른 반 선생님들도 여럿 오셨기 때문에 아이들은 신이 나서 서명지를 선생님에게도 돌렸지요.

선생님들은 논리적이지 않은 아이들 주장에는 조목조목 질문을 했고 아이들은 얼굴이 빨개져서 아무 말도 못하기도 하고 자기가 아는 한도에서 선생님들에게 열심히 설명하기도 했습니다. 그 이야기들을 들은 선생님들은 서명을 해 주기도 하고 거부하기도 했습니다.

　이 과정에서 아이들은 많은 것을 배웠습니다. 또 자신만의 힘으로 문제를 해결하는 방법에 대해서도 고민할 수 있는 값진 시간이었습니다. 아이들은 교사인 제가 판단해

주고 이것이 올바른 것이라고 알려 주는 것보다 이런 경험들에서 더 많이 배울 것입니다. 그리고 저는 준태와 아이들이 겪었던 첫 실패의 경험도 아이들이 스스로의 힘을 키워 나가는 데 소중한 경험이 되었을 것이라고 믿어 의심치 않습니다. 아이들은 직접 피부로 느끼고 경험하면서 실패와 성공을 경험하는 시간 속에서 존중받는 인간으로 커 가기 때문입니다.

"선생님, 이번 달 우리 반 잔치는 삼겹살 파티로 해요!"
"삼겹살! 삼겹살!"
4년 전의 일입니다. 아이들이 우리 반 잔치를 계획하다가 결국 한목소리로 외친 것이 바로 "삼겹살 파티"였습니다. 하지만 저는 아이들의 요청을 듣고 난감한 표정을 지을 수밖에 없었습니다.

"에휴, 결국 샌드위치와 김밥 만들기를 하기로 했어요."
실과 교과 선생님의 푸념 섞인 말이 떠올랐기 때문입니다. 학교에서 실과 시간에 불을 사용하는 수업을 허락하지 않겠다는 교감 선생님의 말씀을 듣고 결국 실과 선생님은 불을 사용하지 않는 요리 실습을 결정했던 것입니다. 몇 년 전 크게 불이 날 뻔했던 사건이 있었기 때문에 교장 선생님과 교감 선생님 모두 불을 사용하는 데 민감하게 반응하고 있었기 때문입니다.

이렇게 실과 수업 시간에 불을 사용하는 것도 허락받지 못하는 상황을 아는지 모르는지 아이들은 저에게 삼겹살 파티를 하자고 조르는 것이었으니 제가 난감할 수밖에요.

"여러분도 알다시피 우리 학교에선 실과 시간에도 불을 사용하지 않잖아요. 이 문제는 선생님이 결정할 수 없는 문제랍니다."

제가 어쩔 수 없다는 듯 난처한 표정을 짓자 반장인 희수가 벌떡 일어납니다.

"에이 지난번에 6반 아이들도 떡볶이 만들어 먹었다는데요. 우리 반은 왜 안 돼요?"

희수의 말대로 6반은 지난 토요일 학급 잔치 때 떡볶이를 만들어 먹었습니다. 물론 비밀리에 몰래 벌인 일이지요. 사실 선생님들도 수업 시간에 불을 사용하지 못하게 하는 것에 대해 불만은 있었지만 대놓고 이야기를 하지 못하고 그냥 반에서 몰래 불을 사용하는 경우가 대부분이었습니다.

물론 우리 반도 다른 반처럼 몰래 삼겹살 파티를 할 수도 있었습니다. 하지만 저는 아이들과 학교에서 하는 행사를 굳이 몰래 한다는 것이 마음에 걸렸습니다. 잘못되거나 현실적이지 않은 규칙이라서 몰래 해도 된다는 식으로 아이들이 이해하게 만들고 싶지 않았기 때문입니다. 오히려 이런 문제를 아이 스스로 해결할 수 있기를 바랐지요. 그래서 저는 아이들에게 이렇게 제안을 했습니다.

"선생님은 다른 반처럼 삼겹살 파티를 몰래 하고 싶지는 않아요. 여러분들이 교감 선생님이 걱정하지 않으실 만큼 안전하게 할 자신이 있다면 교감 선생님을 설득해 보는 게 어떨까요?"

저의 제안에 아이들은 서로 눈치를 보다가 한두 명씩 손을 들었습니다.

"저요! 제가 해 볼래요."

"제가 가서 설득해 볼래요."

손을 드는 아이들이 열 명이 넘었습니다. 아이들이 저마다 자신이 가겠다고 목소리를 높이자 준수가 이렇게 말했습니다.

"야, 너무 많잖아. 잘할 수 있는 사람 몇 명만 뽑자!"

준수의 말에 저는 고개를 끄덕였습니다.

"그거 좋은 생각이네요. 여러분이 한꺼번에 몰려가면 교감 선생님도 당황스러울 거예요."

결국 아이들은 열 명이 넘는 지원자 중에서 단 세 명만을 뽑기로 결정했습니다. 아이들은 교감 선생님 앞에 가서 할 말을 아이들 앞에 나와 말했습니다. 말을 가장 논리적으로 하는 동만이는 이틀 전, 학교 현관문을 실수로 깨뜨리고 교감 선생님에게 크게 혼난 일이 있어서 아쉽지만 아이들의 선택에 뽑히지 않았습니다. 결국 부드럽고 조리

있게 말하는 미수를 포함한 아이 세 명이 뽑혔습니다.

이렇게 우여곡절 끝에 뽑힌 세 아이들은 우리 반을 대표해서 교감 선생님을 만나기 위해 교무실로 향했습니다. 저는 2년 전 준태와 다섯 아이들의 실패를 바라본 적이 있는지라 이번에 우리 반 아이들 세 명은 어떤 결과를 낼지 내심 궁금해지고 걱정이 되기도 했습니다. 선생님에게도 허락하지 않았던 일을 과연 아이들이 해낼 수 있을까 하고 말입니다.

'이번에도 실패할 게 분명한테 어떻게 아이들을 위로해 주지?'

이렇게 생각되자 아이들에게 조금 미안한 마음이 들기도 했습니다.

그렇게 10여 분의 길다면 긴 시간이 흐른 뒤 '드르륵' 교실 문이 열리고 미수의 얼굴이 보였습니다. 그런데 제 예상과 달리 미수는 환하게 웃고 있었습니다.

"성공이에요! 교감 선생님이 허락하셨어요."

미수의 이 한마디에 우리 반 교실은 아이들의 함성과 웃음소리로 가득 찼습니다. 교실로 들어오는 세 아이들의 얼굴에도 자신감이 넘쳐 났지요.

"와, 대단하네요. 도대체 어떻게 설득한 건가요?"

믿기지 않는다는 표정을 짓는 나에게 미수는 이렇게 대답했습니다.

"교감 선생님께 학교 밖 야외 교실에 소화기도 가져다 놓고 아주 안전하게 불을 쓰겠다고 말씀드렸어요. 그랬더니 교감 선생님이 소화기 세 개를 준비하고 담임선생님이 잘 감독하신다면 허락해 주신다고 하지 뭐예요."

미수가 함박웃음을 지으며 신이 나서 말을 합니다. 결국 아이들은 차근차근 믿음을 주는 말로 교감 선생님에게 부탁을 드렸고 아이들이 원하던 삼겹살 파티를 할 수 있게 허락을 맡게 된 것이지요.

선생님들도 해결하지 못했던 문제를 아이들이 자신들의 힘만으로 해결하는 모습을 보며 저는 기쁘기도 했지만 한편으로 제 자신이 부끄럽기도 했습니다. 저는 아이들이 교실로 돌아오는 그 순간까지도 아이들 스스로의 힘을 의심하고 있었기 때문입니다. 하지만 아이들은 제 의심을 비웃기라도 하듯이 멋지게 문제를 해결했습니다. 차근차근 준비하고 힘을 모으면 어른 못지않게 훌륭히 문제를 해결할 수 있다는 것을 아이들은 저에게 행동으로 보여 주었던 것입니다.

드디어 삼겹살 파티를 하는 토요일, 아이들은 스스로 계획한 대로 역할 분담을 해서 알차게 삼겹살 파티를 시작했습니다. 이미 모둠별로 회의를 해서 결정을 한지라 버너와 프라이팬을 가져오는 아이, 고기를 가져오는 아이, 밥과 상추를 가져오는 아이들 누구 하나 자기 역할을 충실히 하지 않은 아이가 없었습니다. 마치, 야외에 소풍을 나온 서른세 명의 대가족이 된 것처럼 아이들은 행복한 삼겹살 파티를 즐겼습니다.

"선생님도 드세요. 맛있어요."

아이들이 고기를 구워서 저에게 권했지만, 저는 고개를 저었습니다. 점심때가 다 되었지만 아이들이 행복하게 파티를 즐기는 모습을 바라보는 것만으로도 배가 불렀기 때문입니다. 자신들 스스로의 힘으로 만든 즐거운 시간, 그 성공의 경험을 앞으로도 오랫동안 기억하기를 바라며 저는 아이들의 행복한 얼굴 하나하나에 미소를 보냈습니다.

아이들이 어떤 문제를 눈앞에 두었을 때, 어른들은 아이들의 실패를 예상하고 아이를 주눅 들게 하거나 아예 대신 해결해 버려서 아이들이 아무것도 할 수 없게 만드는 경우가 많습니다. 하지만 아이들은 자신의 문제를 해결하기 위해 노력하고 실패하고 또 많지 않은 성공을 경험하면서 성장해 갑니다. 그 과정은 아이들에게 무척이나 중요합니다. 실패하면 실패하는 대로 성공하면 성공하는 대로 그 모든 경험이 아이들이 커 가는 힘이 되기 때문입니다.

우리 아이들이 존중받는 한 사람으로 자라기 위해서는 자기 스스로의 힘을 키우는 과정이 반드시 필요합니다. 이제는 걱정과 근심에 찬 눈으로 우리 아이들을 바라보는 것이 아니라 스스로의 힘을 키워 나가기 위해 힘찬 발걸음을 내딛는 우리 아이들에게 격려와 지지의 눈길이 필요하지 않을까요?

# 나만의 긍정적 이야기 만들기

"사람들은 누구나 타고난 이야기꾼이다."

누구의 말인지는 잘 모르지만 저는 이 말을 좋아합니다. 사람들은 누구나 살아가면서 자신만의 이야기를 만들어 내고 그 이야기들은 사람들 저마다 지닌 각기 다른 색깔처럼 다양하고 흥미진진하기 때문입니다.

물론 우리가 만들어 내는 삶의 이야기가 언제나 기쁘고 행복한 것만은 아닙니다. 한 사람 한 사람의 이야기 속에는 실패와 좌절 그리고 고통과 슬픔의 이야기도 함께 들어 있으니까요. 오히려 슬픔과 기쁨, 성공과 실패가 공존하기 때문에 우리들의 이야기야말로 어떤 멋진 소설만큼 흥미진진해지는 것이겠지요.

그런데 몇몇 사람들은 자신의 이야기는 오직 실패와 좌절뿐이라고 말하는 사람들도 있습니다. 그들의 이야기를 들어 보면 마치 어쩔 수 없는 운명의 굴레에 허우적대는 것처럼 보입니다. 그들에게는 어떤 희망도 없는 것 같습니다.

"나는 한 번도 성공한 적이 없어."

"날 좋아하는 사람은 아무도 없어. 난 언제나 외톨이였
어."

정말 이렇게 말하는 사람들에겐 단 한 순간의 행복도
없었던 것일까요? 그들 말대로라면 행복하고 만족할 만
한 삶을 살아가는 사람들에게는 어떠한 시련과 슬픔도 없
었을까요? 그렇지 않습니다. 삶을 불행하다고 생각하는
사람과 행복하다고 생각하는 사람들의 차이, 그것은 어쩌
면 그들이 자신의 이야기를 어떻게 엮었느냐에 따라 달라
지는 것일지도 모릅니다. 특히 아이들은 자기 자신과 어
른들이 만들어 준 이야기들에 큰 영향을 받게 됩니다.

몇 년 전이었습니다. 6학년 아이들과 생활한 지 3주쯤
되었을 때입니다. 쉬는 시간에 누군가 복도에서 교실 안
을 기웃거리는 것이 느껴져 저는 복도로 고개를 내밀었습
니다. 순간 다른 학년 미술 교과를 담당하는 선생님의 얼
굴이 보였습니다.

"웬일이세요?"

"네. 저기 건석이……."

"건석이요? 불러 드릴까요?"

"아니요, 그게 아니라 건석이……, 6학년 생활은 잘 하

고 있나요?"

선생님은 저에게 약간 미안하다는 듯한 표정으로 말했습니다.

6학년 아이들과 3주를 지내고 나서 제가 살펴본 바로는 건석이는 조금 무뚝뚝하고 고집이 센 편이지만, 친구들에게 정이 많고 웃는 모습도 예쁜 아이였습니다. 공부나 활동을 시켜도 처음에는 하지 않겠다고 하지만 잘 타이르면 끝까지 해내는 편이고, 준비물을 안 가지고 온 친구가 있으면 친하든 그렇지 않든 선뜻 빌려 주는 착한 마음도 가졌습니다. 그래서 사실 저희 반에서 건석이 때문에 문제가 있었던 적은 한 번도 없었습니다.

"건석이요? 잘 생활하고 있어요. 친구들하고도 잘 지내고요."

"다행이네요. 6학년 생활을 잘 할지 걱정이 되어서요."

미술 선생님은 5학년 때 건석이의 담임선생님이었습니다. 미술 선생님은 5학년 때 건석이 때문에 마음고생이 심하셨다고 털어놓으셨습니다. 그래서 6학년이 된 뒤에 무슨 말썽을 피우지 않나 걱정이 되신 것이었지요.

미술 선생님이 돌아가신 후 저는 건석이에게 농담 삼아 이렇게 말했습니다.

"아까, 3학년 미술 선생님이 다녀가셨는데 건석이가 6학년 생활 잘 하는지 궁금해서 보러 오셨어요. 건석이가

5학년 때 선생님의 관심을 많이 받았나 봐요?"

제 물음에 건석이는 별거 아니라는 듯이 무심하게 툭 말을 뱉었습니다.

"저, 5학년 땐 문제아였거든요."

"에이 설마, 지금은 이렇게 맡은 일도 잘 하고 성실한데요?"

제가 씩 웃으며 이렇게 말하자 건석이도 씩 웃었습니다. 제자리로 돌아가는 동안 저는 건석이의 말이 머릿속에서 떠나지 않았습니다. 건석이의 말을 듣고 정말 기뻤기 때문입니다. 왜냐고요? 그것은 바로 '5학년 땐'이란 말 때문이었습니다.

만약 건석이가 "저 5학년 때 문제아였어요."라고 말했다면 저는 그렇게 기뻐하지 않았을 것입니다. 그것은 건석이가 6학년을 올라오면서 5학년 때 달고 있었던 "문제아"란 꼬리표를 아직도 달고 있다는 걸 의미하기 때문입니다. 하지만 건석이는 자기 스스로 5학년과 6학년의 자신을 분명히 구분하고 있었습니다. 그래서 '5학년 땐'이라고 분명히 말할 수 있었던 것입니다.

이렇게 건석이는 5학년 때와는 다른 삶을 살겠다는 생각을 하고 있었고 실제로 그랬습니다. 6학년 1년 동안 건석이가 문제아인 적은 한 번도 없었습니다.

저는 건석이가 6학년 때 변할 수 있었던 것은 누구의

도움이 아니라 스스로 그렇게 생각했기 때문에 가능했다고 생각합니다. 바로 건석이가 스스로 만든 "자신만의 긍정적 이야기" 때문인 거지요.

　새 학기가 되면 전 학년에서부터 선생님들이 달아 준 꼬리표를 달고 오는 아이들이 있습니다.
　"용수가 선생님 반이에요? 정말 골치깨나 썩겠네요."
　"민철이요? 저는 그 녀석, 두 손 두 발 다 들었어요."
　이렇게 꼬리표를 달고 온 아이들은 첫날부터 담임선생님의 관찰 대상이 됩니다. 선생님들은 이런 아이들의 생활지도에도 더 큰 관심을 갖습니다. 그런데 이상한 것은 대다수 아이들이 다시 다음 학년에 올라갈 때도 이 꼬리표를 떼고 가지 못하는 데 있습니다. 한번 말썽쟁이는 졸업할 때까지 말썽쟁이인 경우가 대부분입니다. 선생님의 각별한 관심에도 불구하고 그렇게 되는 이유는 무엇 때문일까요?
　어쩌면 선생님들이 "말썽쟁이 민철이"란 꼬리표를 붙여 준 순간부터 아이들은 이미 자신의 부정적인 이야기를 만들기 시작했던 것은 아닐까요?
　한 아이가 만들어 가는 "삶의 이야기"는 그 스스로가 만들기도 하지만 주변에서 만들어지기도 합니다. "윤주는 예의 바른 아이야.", "성우는 너무 난폭해.", "준태 같은 울보는 처음 봤어."같은 식으로 말이지요. 이렇게 주변 사람들에게 만들어진 이야기는 그것이 사실인가 아닌가와 아무 관계없이 아이의 삶에 영향을 미칩니다. 그리고 아이마저도 이 말에 동의해 "그래, 난 성질이 고약한 아이야."라고 생각하는 순간 그 아이의 부정적 이야기는 걷잡을 수 없이 커지게 됩니다.

이렇게 "삶의 이야기"에 영향을 미치는 사람들 중에 가장 중요한 사람들은 부모님들과 선생님들입니다. 아이들과 가장 가까이 생활하는 어른들이 아이들이 만드는 부정적 이야기에 주목하고 이야기하면 이야기할수록 아이들의 행동은 점점 더 안 좋은 방향으로 변하는 경우가 많기 때문입니다. 만약 주변 어른들의 부정적인 시선과 본인 스스로의 부정적 이야기까지 더해진다면 아이는 어떻게 할까요? 결국 아이는 자신의 현재 모습에 자포자기할 수밖에 없을 것입니다.

그러면 아이가 자신이 만든 부정적인 이야기에서 벗어나 긍정적인 면에 시선을 돌리게 하기 위해서 어른들은 어떤 일을 할 수 있을까요?

첫째 '○○는 ○○하다'는 식으로 아이에게 말하지 않습니다.

"동수야, 너는 왜 이리 굼뜨니?", "민호야, 왜 너는 그렇게 욕심이 많니?"라는 이야기는 "A는 B다."라는 이야기를 만들어 내고 있습니다. 이런 부정적 말이 늘어나면 늘어날수록 아이들의 행동은 변화되기 어렵습니다. 오히려 "지금 책가방을 싸지 않으면 학교에 늦을 것 같구나.", "아이스크림은 한 사람당 한 개씩 가져가렴."처럼 아이가 구체적으로 하지 말아야 할 행동을 이야기해 주는 것이 더 좋습니다.

둘째, 아이의 행동 하나로 아이의 전체를 평가하는 말을 하지 않습니다.

아이의 행동 하나가 아이의 모든 것을 알려 주지 않지만 어른들은 아이들의 문제 행동 하나를 그 아이의 모든 것을 나타내는 것처럼 말하는 경우가 많습니다. 예를 들어 "너처럼 버릇없는 아이는 처음 봤다."라고 말하는 것보다 "이야기를 들을 때는 다 듣고 대답을 했으면 좋겠구나."라고 말하는 것이 더 좋습니다.

셋째, 문제점을 말할 때는 일대일로, 칭찬과 격려는 여러 사람 앞에서 합니다.

    아이의 문제 행동을 이야기할 때는 되도록 일대일로 말하는 것이 좋습니다. 하지만 아이를 칭찬하고 격려할 때는 여러 사람 앞에서 하는 것이 더 효과적입니다. 긍정적 이야기는 여러 사람의 인정 속에서 더욱 위력을 발휘하기 때문입니다.

    긍정적 이야기 만들기는 아이들의 행동 변화에도 효과적이지만 선생님과 학생 사이의 관계를 개선하는 데도 효과가 있습니다. 선생님과 아이들 사이, 또는 아이들과 아이들 사이에 감정의 골이 깊어졌거나 일종의 편견이 작용하고 있을 경우 대화는 더욱 어려워집니다. 특히 "선생님은 나만 미워해."라는 생각을 가진 아이이거나 "영호는 언제나 핑계만 대."라고 말하는 교사는 이러한 선입견 때문에 문제를 해결하기 어렵습니다. 이럴 때, 서로의 선입견이나 편견을 "긍정적 이야기"로 바꿀 수 있도록 서로 격려해 주는 방법을 사용할 수 있습니다. 그 방법은 다음과 같습니다.

이때는 교사가 먼저 솔직하게 자신의 감정을 표현해서 아이의 감정이 쉽게 표현될 수 있도록 도와주어야 합니다. 또한 아이의 감정 표현에 대해 나무라거나 부정하지 말아야 합니다. 아래의 예를 잘 살펴보세요.

"영미야, 선생님이 왜 불렀는지 아니?"
"잘 모르겠는데요."(화가 나서)
"영미는 선생님에게 불만이 많은가 보구나?"
"……"
"선생님은 수업 시간에 집중하지 않는 걸 보면 짜증이 난단다. 그럼 수업하고 있는 내용도 다 까먹게 되고, 조용히 하라고 이야기해도 아무 소용이 없는 걸 보면 무시당하는 느낌도 들고 말이야."
"선생님은 절 싫어하시잖아요."
"내가 영미를 좋아하지 않는다고 생각하나 보구나."
"진섭이나 수미가 떠들 때에는 그렇게 큰 소리로 화내지 않잖아요."
"선생님이 차별한다고 생각하는 거니?"
"사실이잖아요."

"음……, 영미가 그렇게 생각하는지 미처 몰랐구나. 영미야, 한번 선생님하고 영미하고 서로를 어떻게 생각하는지 이야기해 볼까? 우리 둘 다 서로에 대해서 이해하지 못하는 부분이 많은 것 같으니 말이야."(종이를 꺼낸다.)

"자 우선 영미는 선생님이 차별한다고 생각하는데 아까 이야기한 것 말고 또 어떤 경우가 있었지?"

"제가 장난스럽게 농담할 때도 눈을 치켜뜨잖아요."

"그랬었구나? 또 어떤 경우가 있지?

"저를 부를 때 '야!'라고 부르는 경우가 많아요. 그냥 영미라고 부른 적은 거의 없어요."

"잘 알겠다. 그다음에는 또 어떤 것이 있니?"

"더 있는데 잘 생각나지 않아요."

"그래, 그럼 생각나면 그때 더 이야기해 주렴. 그럼 선생님이 영미에 대해서 생각하는 것을 이야기해 줄게."

"좋아요."

"선생님은 영미가 선생님을 우습게 여긴다고 생각한단다."

"전, 전혀 그런 적 없는데요! 언제 그랬죠?"

"영미가 선생님이 몇 번이나 말하게 만들고, 신경질적으로 대꾸할 때, 그리고 조용히 하라고 하면 더 큰 소리로 떠들 때 말이야."

"사실 전 정신이 팔리면 다른 사람 소리는 잘 안 들린

단 말이에요. 그리고 제가 좀 산만한 건 선생님도 잘 아시잖아요."

"네가 정신이 팔리면 다른 사람 목소리가 하나도 안 들린다는 말은 이해하겠다. 그것 때문에 선생님이 무시한다는 생각을 하면 안 된다는 거지? 그리고 네가 산만하다는 걸 이해해 달라는 말이지?"

"네, 그래요"

"자 그럼 선생님도 이야기를 할게, 영미가 생각하는 것처럼 영미에게 큰 소리를 지르는 것은 영미가 내 말을 잘 안 듣고 있어서 잘 듣고 있는지 불안하기 때문이야. '야'라고 이야기하는 경우는 갑자기 바쁘게 부를 때 이름이 생각나지 않아서 그런 거란다."

"(약간 부드러워진 목소리로) 저도 그런 적이 간혹 있어요. 하지만 제가 농담할 때마다 왜 더 화를 내시죠?"

"사실 네가 나를 우습게 생각해서 놀린다고 생각해 왔거든."

"(웃으며) 솔직히 일부러 선생님 말씀 무시한 적이 있긴 있어요."

둘째, 각자의 부정적 이야기가 생기게 된 원인들에 이름 붙이기를 합니다.

이름 붙이기를 하는 이유는 부정적 이야기를 만드는 원인들을 분리시켜 구체적으로 무엇이 변해야 하는지 알아보기 위함입니다. 그래서 이름 붙이기는 재미있게 하되 단순히 흥밋거리가 되어서는 안 됩니다.

"그랬구나. 좋아, 그럼 우리 둘이 서로 잘못한 부분이 있는 걸 알겠다. 그것들에 대해 이름을 붙여 볼까?"

"이름 붙이기요?"

"그래, 우리 둘 모두 서로의 몇 가지 행동 때문에 잘못 이해하는 부분이 있는 것 같아. 그것에 대해서 이름을 붙이는 거지."

"어떻게 이름을 붙이는 거죠?"

"먼저 선생님이 이름을 붙여 볼게. 아! 이게 좋겠다. '꽥꽥 소리 지르기', '농담도 못 봐줘' 그리고 '이름도 까먹어' 이렇게 말이야. 너도 한번 붙여 볼래?"

"좋아요. 나는 '정신 팔면 귀머거리', '기차 화통'이라고 할래요."

"재미있는 이름이구나. 선생님이 붙인 이름도 마음에 드니?"

"네, 재미있어요."

"좋아, 그럼 우리 이 다섯 가지 것들이 우리 둘 사이를 멀어지게 하지 못하도록 하려면 어떻게 해야 할지 한번 생각해 볼까?"

"네 좋아요."

셋째, 교사와 아이들 상호 간의 편견과 선입견을 해소하기 위해 각자가 노력해야 할 부분에 대해서 이야기해 봅니다.

아래의 예처럼 간단한 표를 만들면 서로 이해하기가 훨씬 쉽습니다.

영미와 선생님의 긍정적 이야기 만들기

▶영미의 생각

"선생님은 영미를 싫어한다."

(이름 붙이기 '너 싫어')

▶그 이유

1. 다른 사람보다 더 크게 혼낸다.

(붙인 이름:꽥꽥 소리 지르기)

2. 이름보다 "야"라고 부른다.

(붙인 이름:이름도 까먹어)

3. 농담을 해도 눈을 치켜뜬다.

(붙인 이름:농담도 못 봐줘)

▶선생님의 생각

"영미는 선생님을 우습게 생각한다."

(이름 붙이기 '우스운 선생')

▶그 이유

1. 선생님이 불러도 대답을 잘 하지 않는다.

(붙인 이름:정신 팔면 귀머거리)

2. 선생님이 조용히 하라고 하면 더 크게 떠든다.

(붙인 이름:기차 화통)

〈각각의 이름들을 해소하기 위해서 할 수 있는 일〉

"꽥꽥 소리 지르기"를 없애기 위해서 할 수 있는 일.

　(글로 써서 혼낸다./단둘이 있을 때만 혼낸다./목소리를 낮

　춘다. ……)

"정신 팔면 귀머거리"를 없애기 위해서 할 수 있는 일.

　(수업 시간에는 딴짓을 하지 않는다./귀를 항상 선생님에게

　맞춘다. ……)

"이름도 까먹어"를 없애기 위해서 할 수 있는 일.

　(이름이 생각이 안 나면 출석부를 본다./"야"라고 하는 대

신 손을 잡아 준다. ……)

"기차 화통"을 없애기 위해서 할 수 있는 일.

(조용히 하라고 하면 바로 멈춘다./소리 측정기를 사용한다. ……)

"농담도 못 봐줘"를 없애기 위해서 할 수 있는 일

(농담할 때 누구나 웃어 준다. / "농담이지?"라고 먼저 확인한다. ……)

넷째, 일주일 또는 한 달 정도의 간격으로 서로 노력한 부분의 작은 성과라도 이야기하고 격려해 줍니다.

일주일 또는 한 달이라는 정한 기간 동안 평가에서는 긍정적인 부분만을 주목해야 합니다. 아주 작은 일이라도 변화된 것에 가치를 두고 이야기해야 합니다. 평가를 하는 이유는 좀 더 적극적으로 행동의 변화를 가지도록 함께 격려하는 것입니다. 그러므로 서로의 변화 수준을 비교하거나 변화의 정도가 느리다고 비판하지 않습니다.

영미와 선생님의 긍정적 이야기 만들기

〈일주일 후 평가〉

1. 첫 번째 긍정적 이야기

⟨꽥꽥 소리 지르기⟩가 선생님에게서 완전히 떠났다.

일주일 동안 큰 소리를 내서 영미를 혼내지 않았다.

2. 두 번째 긍정적 이야기

⟨기차 화통⟩이 영미에게 붙어 있지 않는다.

지루한 어제 학급 회의 때도 영미는 조용히 있었다.

3. 세 번째 긍정적 이야기

⟨정신 팔면 귀머거리⟩가 없어지는 데 상당한 진척이
있었다.

어제는 선생님이 부를 때 바로 고개를 돌려 선생님을
보기도 했다.

4. 네 번째 긍정적 이야기

⟨이름도 까먹어⟩도 상당한 진척이 있었다.

체육 시간에 급할 때를 제외하고 "야"라고 이야기하
지 않았다.

긍정적 이야기 만들기는 결국 자신과 다른 사람에 대한
부정적인 시선을 긍정적으로 바꾸기 위한 내적 동기를 만
드는 과정입니다. 그래서 인터넷 게임에 빠져 있는 아이
들처럼 자신의 의지로 문제를 해결해야 하는 아이들에게
도 도움이 됩니다.

생각해 보면 우리 사회의 인권 문제도 그것을 "긍정적

이야기"로 바라보느냐 그렇지 않느냐는 커다란 차이를 만든다는 것을 쉽게 알 수 있습니다. 인권에 관심을 가져 봤자 세상은 변하지 않고 우린 침묵하는 것이 낫다는 부정적 이야기를 가진 사람들이 많았다면 노예제, 인종차별, 남녀 차별 문제는 아무런 변화가 없었을지도 모릅니다. 사람들이 인권 문제에 관심을 가지고 해결하기 위해 노력하는 것은 결국 "모든 사람들이 존중받는 세상은 사람들의 노력으로 반드시 이루어질 수 있다."라는 긍정적 이야기를 가슴에 품고 있기 때문에 가능합니다. 그리고 그 덕분에 우리 사회의 인권은 조금씩 더 나은 방향으로 전진할 수 있는 게 아닐까요?

서른두 가지 색깔을 가진 아이들

"우리 학년 아이들은 올해 참 얌전해요."

"우리 반 아이들은 지나치게 소극적이어서 고민이에요."

"우리 반은 발표를 너무 안 해요."

"영식이는 긴장하면 눈을 깜박여요."

같은 학교라도 학년마다 아이들의 분위기는 서로 다릅니다. 같은 학년이라도 반 아이들의 분위기는 서로 다르지요. 뿐만 아닙니다. 반 아이들 중에도 서로 같은 성격을 가진 아이는 한 사람도 없습니다. 얼굴 생김새도 취향도 성격도 어느 누구도 같은 아이는 없습니다. 하지만 어른들은 종종 이 아주 당연한 사실을 잊는 경우가 많습니다.

"단체 사진인데. 넌 사진 안 찍을 거야?"

은희 어머니가 난처하다는 듯이 말했지만 영식이는 단호한 표정으로 고개를 절레절레 흔듭니다. 10여 년 전, 처음 담임을 맡은 4학년 아이들과 현장학습을 갔을 때 일입니다.

그날 은희 어머니가 아이들 사진을 찍어 주시기 위해 현장학습에 함께 따라오셨습니다. 모든 일정을 즐겁게 마치고 아이들과 함께 단체 사진을 찍으려는데 일이 생겼습니다. 갑자기 영식이만 사진을 찍지 않겠다고 버티는 것이었습니다.

"단체 사진은 우리 반 친구가 다 나오는 사진이야. 그러니까 싫어도 함께 찍어야 해."

은희 어머니가 조금 엄한 표정을 지으며 영식이에게 말했지만 영식이는 계속 고개를 저으며 저만치 달아납니다.

"선생님, 어떡하죠?"

은희 어머니가 난처한 표정으로 저를 바라보았습니다. 저는 멀리 벤치에 앉아 있는 영식이에게 다가갔습니다.

"단체 사진……, 찍기 싫은 거니?"

영식이는 고개를 푹 수그린 채 고개만 끄덕입니다.

"이번에 찍는 단체 사진은 나중에 뽑아서 나누어 줄 거야. 나중에 사진에 네 얼굴이 안 들어 있으면 기분이 안 좋을 수도 있어. 그래도 정말 괜찮겠니?"

"네."

영식이는 조용하지만 단호한 목소리로 말합니다.

"알겠다. 네가 원하는 대로 할게. 대신 다른 친구들과

사진 찍을 동안은 여기서 좀 기다려 줘, 알겠지?"

"네, 선생님!"

영식이의 얼굴이 금세 밝아졌습니다. 저는 영식이를 보며 미소를 짓고 다른 아이들에게 돌아가 단체 사진을 찍었습니다. 그렇게 현장학습은 즐겁고 행복하게 끝났습니다. 나중에 들어 보니 그날 영식이는 머리를 감지 않고 와서 머리가 엉망이었다고 합니다. 그 상태에서 사진을 찍히는 게 너무 싫었던 것입니다. 제 눈에는 영식이의 머리가 괜찮아 보였지만 영식이 본인은 그렇게 생각하지 않았던 것입니다.

그런데 그때 만약 제가 억지로 영식이를 사진을 찍게

했다면 어땠을까요? 아마 영식이에게 현장학습은 행복한 기억으로 남지 않았을 것입니다. 이 일이 있은 후에 저는 사진을 촬영하기 전에 아이들에게 동의를 구하는 것을 잊지 않게 되었습니다. 신문사에서 촬영 협조를 구할 때도 마찬가지입니다. 언제나 가장 먼저 아이들에게 동의를 구합니다. 그리고 사진을 찍혀도 되는 사람과 찍기 싫어하는 사람이 누구인지 확인한 후 미리 기자 분들에게 양해를 구합니다. 만약 저에게 영식이와의 일이 없었다면 저는 그냥 아이들의 의견은 무시해 버렸을지도 모릅니다.

공동체가 함께 즐겁고 행복하기 위해 지켜야 할 약속은 분명 존재합니다. 하지만 공동체이기 때문에 개인의 의견보다 공동체의 의견이 먼저인 것은 아닙니다. 우리는 한 반이니까, 한 학교니까, 한 민족이니까 무조건 공동체가 우선이 되어야 하는 것은 아닙니다. 오히려 공동체가 한 사람, 한 사람의 다양한 색깔을 보듬을 줄 알아야 진정한 공동체가 될 수 있지 않을까요.

영식이의 선택은 반 아이들과 조금 달랐고 어른들을 당황스럽게 만들었지만 반 아이들에게 피해를 주는 행동은 아니었습니다. 공동체이기 때문에 무조건 함께해야 하고 아무런 비판도 할 수 없는 게 상관없다고 생각하는 공동체가 있다면 그 공동체는 구성원들에게 고통과 상처를 주게 될 것입니다. 그러므로 공동체가 살아 움직이기 위해서는 그 속의 구성원들이 서로 조화를 이루며 자유롭게 살아 있어야 합니다.

그리고 학교 공동체도 그리고 반 아이들과 선생님이 만드는 작은 공동체도 서로 다른 자유로운 영혼들이 서로 숨 쉬는 공간이라는 생각을 하는 순간, 아이들과 부딪히는 여러 가지 문제들이 사실은 대부분 공동체의 틀에 아이들을 억지로 끼워 맞추려고 하기 때문에 비롯되었다는 것을 알 수 있을 것입니다.

"상식적으로 생각해 봐!"

이 말처럼 똑 부러진 말도 없습니다. 상식적으로 생각하면 세상을 살아가는 데 아무런 문제가 없으니까요. 그런데, 요즘 들어 저는 이 멋진 말이 의심됩니다. 그 상식은 정말 모든 사람의 기준으로 본 상식일까요? 우리가 흔히 생각하는 상식은 정말 의심할 수 없는 것일까요? 만약 상식이라는 기준에 벗어나는 사람들이 있다면 그들은 비난받아야 마땅할까요?

처음 자동차가 발명되었을 때 사람들은 시속 60킬로미터를 넘으면 그 속에 타고 있는 사람은 속도를 견디지 못해 죽게 될 것이라고 믿었습니다. 또한 불과 150년 전만해도 인간이 같은 인간을 노예로 부리는 것도, 백인이 유색인종보다 신체적으로 뛰어나고 우수하다라는 말도 안 되는 논리도 사람들의 당연한 상식이었습니다. 하지만 지금 이것을 상식이라고 생각하는 사람은 없습니다.

인권은 대다수 사람들이 상식적으로 생각하는 것을 진실이라고 말하지 않습니다. 오히려 모든 사람이 상식이라고 말하는 것이 차별을 조장하고 있는 것은 아닌지, 혹시 "대다수 사람들"이 말하는 상식이 거기에 끼지 못하는 소수의 사람들에게는 몰상식이 되는 점은 없는지 살피는 것, 그리고 모든 사람이 서로의 색깔을 당당히 빛낼수 있게 하기 위한 방법을 찾는 것을 바로 진실이라고 이야기합니다.

작년 쉬는 시간에 잠시 자리를 비우고 돌아온 교실, 혜영이가 강민이 옆에서 울음을 터뜨리고 있습니다. 깜짝놀라 혜영이를 진정시키고 강민이에게 그 이유를 물어보았습니다.

"그게 말이에요……. 롯데가 삼성보다 형편없는 팀이라고 말했는데 저렇게 우는 거예요."

강민이는 당황한 얼굴로 머리를 긁적입니다.

이야기를 들어 보니 사건의 발단은 프로야구 때문이었습니다. 강민이는 프로야구를 좋아하는 아이입니다. 특히 야구 팀 중 삼성을 좋아합니다. 오늘도 쉬는 시간에 친구들에게 삼성에 대해 자랑을 늘어놓고 있었던 것입니다.

그걸 본 혜영이가 강민이에게 한마디 했습니다.

"아니야, 우리 아빠가 그러는데 롯데가 제일 잘한대."

혜영이의 말에 강민이는 발끈해서 이렇게 말했습니다.

"웃기네. 롯데는 삼성 실력에 비하면 발끝도 따라올 수 없는 바보 팀이거든."

강민이의 말은 사실 야구 팬들이라면 한 번쯤은 해 본 적이 있는 말입니다. 흔히 자기가 좋아하는 팀은 치켜세우고 상대팀은 무시해 버리는 편이지요. 하지만 혜영이에게는 강민이의 말이 그렇게 느껴지지 않았습니다. 혜영이에게는 강민이가 롯데를 욕하는 것이 롯데 팀을 좋아하는 아빠를 욕하는 것으로 느껴졌던 것입니다.

"전 혜영이 아빠를 욕한 게 아니에요. 보통 야구 팬들은 다른 팀 욕하는 거 다 하잖아요."

강민이가 억울하다는 듯이 말했습니다.

"하지만 네가 아빠가 좋아하는 팀을 욕하니까 우리 아빠를 바보라고 말하는 것 같았단 말이야."

여기서 제가 누가 옳다고 이야기를 했다면 어땠을까요? 상식적으로 야구 팬끼리는 그런 정도의 비난은 하니까 그만 울라고 혜영이에게 말하는 게 옳을까요? 아니면 혜영이가 울게 한 건 잘못이니까 강민이가 무조건 사과해야 한다고 말하는 것이 옳을까요? 사실 어느 쪽을 선택하든 두 아이 중 한 명은 상처를 받을 게 분명합니다.

결국 제가 선택한 것은 혜영이와 강민이가 서로를 이해할 수 있는 시간을 준 것이었습니다. 저는 강민이에게는 혜영이처럼 아빠가 좋아하는 것에 대해 누군가가 비난하는 것을 못 견디는 사람도 있다는 것을, 그리고 혜영이에게는 야구를 좋아하는 사람 중에는 자기 팀을 자랑하기 위해 별 뜻 없이 다른 팀을 비난하는 사람들도 있다는 것을 차근차근 설명해 주었습니다.

이 과정을 통해서 강민이는 혜영이를 야구 팬이면 누구나 하는 일을 이해 못 해 울기나 하는 아이로 보지 않게 되었고 혜영이도 강민이를 자기 아빠를 욕하는 나쁜 아이로 생각하지 않게 되었습니다.

선생님들은 학교에서 다양한 아이들의 모습과 마주칩니다. 선생님들이 만나는 아이들의 모습에 상식적인 모습이라고는 없습니다. 아이들은 모두 그때그때 자신의 색깔에 따라 다르게 말하고 행동합니다. 선생님들이 아이들을 상식이라는 기준으로 판단하기 시작했을 때, 우리는 아이들을 이해할 수 없을지도 모릅니다.

그러므로 지금까지 아이들을 바라보던 상식의 잣대 대신, 우리 아이들이 살아 움직이고 끊임없이 변화하는 존재라는 것을 인정하고 새롭게 아이들을 바라보는 순간에, 어른들은 아이들의 숨겨진 참모습도, 슬픔과 기쁨도 조금씩 이해할 수 있게 될 것입니다.

"선생님 짝 바꿔 주시면 안 돼요?"

10년 전 4학년 담임을 맡았던 때의 일입니다. 주희가 한쪽 볼이 빨개진 얼굴로 울먹이며 저에게 말했습니다. 주희의 얼굴이 이렇게 된 것은 찬성이 때문입니다. 찬성이가 화가 나서 주희의 뺨을 때렸기 때문입니다.

저는 주희의 얼굴을 바라보며 한숨을 폭 쉬었습니다. 이번이 벌써 다섯 번째입니다. 찬성이는 화가 나면 아무에게나 폭력을 휘두르고 의자를 집어 던지기도 합니다. 그것도 수업 시간이든 쉬는 시간이든 가리지 않습니다. 아이들은 그런 찬성이가 무서워 찬성이를 피하기도 하고 찬성이와 싸움을 벌이기도 합니다. 누구도 찬성이를 좋아하지 않습니다.

부모님과 면담을 해 보고 찬성이와 상담을 해 보았지만 찬성이는 쉽게 변하지 않았습니다. 찬성이 마음속에 깊이 쌓인 분노는 너무나 뿌리가 깊어 해결할 수 없어 보였습니다.

그러던 어느 날이었습니다, 수업을 하는 중에 찬성이가 또다시 의자를 집어 던졌고 저는 찬성이를 꼭 안고 아이가 분노가 가라앉기를 기다렸습니다. 몇 분이 흘렀을까, 찬성이의 씩씩거리는 숨소리가 잦아든 후 찬성이는 오른

손 새끼손가락이 아프다고 호소했습니다. 의자를 집어 던질 때 잘못된 것이 분명했습니다. 급히 찬성이를 보건실로 보내고 난 후 저는 한숨을 푹 쉬며, 반 아이들을 바라보았습니다. 아이들의 얼굴 표정에는 짜증, 화남, 놀람 등이 서려 있었습니다.

"너희들 찬성이 때문에 화가 많이 나 있구나."

"네, 찬성이가 다른 반으로 갔으면 좋겠어요."

여자아이들의 반응은 더 격렬했습니다.

"너희들 마음은 알겠다. 하지만 찬성이가 나쁜 아이가 아니란 걸 모두 알잖니?"

"맞아요. 찬성이는 화가 안 날 땐 준비물도 잘 빌려 주고 재밌는 놀이도 많이 알고 있어요."

반 아이들 중에서 그래도 찬성이와 가장 가까운 재덕이의 말에 저는 고개를 끄덕였습니다.

"그래, 찬성이는 마음이 나빠서 화를 내는 게 아니야. 찬성이는 너희와 달리 화를 참는 일이 어렵기 때문에 그런 거야. 우리가 찬성이를 도와주면 좋지 않을까?"

이렇게 시작한 이야기는 어떻게 하면 찬성이가 쉽게 화를 내는 것을 줄이게 할 수 있을지에 대해 이야기하는 것으로 확대되었습니다. 여러 가지 제안들이 이야기되었습니다. 사실 아이들은 찬성이가 언제 더 화를 내는지도 이미 알고 있었습니다. 그리고 찬성이가 화가 날 때는 어떻게 하는 게 좋은지에 대해서도 많은 아이디어를 가지고 있었습니다. 저는 아이들이 친구를 이해하기 위해 노력하는 모습이 대견했지만 사실 찬성이가 쉽게 변하지 않을 거라고 생각했습니다. 지금까지 찬성이의 모습을 볼 때 쉬운 일이 아니라고 생각했던 것이지요.

그런데 저의 예상과 달리 시간이 지날수록 찬성이의 모습은 변하기 시작했습니다. 화를 내는 빈도도 점점 줄어들었고 언제나 혼자 놀던 모습도 많이 달라졌습니다. 여전히 화가 나서 씩씩대고 소리를 지르는 때도 있었지만 예전처럼 다른 아이를 심하게 때리거나 물건을 던지는 일은 거의 없게 되었습니다.

그 사건이 있은 후 다음 해에 우리 반 회장이었던 민희가 저에게 메일을 보내왔습니다. 다른 학교로 전근 간 저를 보고 싶다는 이야기와 함께 민희는 찬성이의 학교생활에 대해서도 꼼꼼히 적어 주었습니다.

찬성이가 5학년이 되어서는 공부도 열심히 하고 아이들하고도 친하게 지내요 이젠 화를 내지도 않고 웃고 다녀요. 모두 선생님 덕분이라고 생각해요.

민희는 그렇게 말했지만 사실 찬성이가 변한 것은 제 노력 때문이 아니었습니다. 찬성이의 변화는 찬성이 자신의 노력도 있었지만 반 아이들의 노력이 없었다면 기대할 수 없었을 것입니다. 아이들은 찬성이를 포기하지 않았고 찬성이의 다른 점을 이해하려고 노력했습니다. 아이들이 가진 상처를 알면서도 쉽게 포기하는 저와 달리 아이들은 끝까지 자기 친구를 이해하려고 노력했고 결국 찬성이의 진정한 친구가 될 수 있었던 것입니다.

아이들은 모두 다 다릅니다. 서른두 명이라면 서른두 명 모두 서로 다른 빛깔을 뽐냅니다. 똑같은 생긴 교실에서 똑같은 내용으로 공부를 하고 있지만 아이들은 언제나 자기 자신의 고유한 빛깔을 뽐내며 자신이 살아 있다는 것을 우리에게 알려 줍니다.

가만히 생각해 보면 교실에서는 서른두 가지 빛깔을 가진 아이들에게 우리 어른들이 큰 죄를 짓고 있는 건 아닌가 하는 생각도 듭니다. 이렇게 다른 아이들에게 똑같은 것에 흥미를 가지라고 하고 똑같이 생각하라고 강요하고 있는 것은 아닌지 말입니다.

학교라는 네모반듯하고, 다양한 것보다 똑같은 것을 강요하는 빈틈없는 공간에서 아이들이 자유롭게 숨 쉬고 노래하며 서로 다른 친구들을 이해하며 함께 살아가기 위해서는 어떤 것들이 필요할까요? 우리 선생님들은 무엇을 가르치고 무엇을 배워야 할까요? 아이들은 이런 제 고민은 상관없다는 듯이 오늘도 자신들이 가장 좋아하는 노래를 부르자고 조릅니다. 그리고 '네모의 꿈'을 목청껏 부릅니다.

네모난 침대에서 일어나 눈을 떠 보면
네모난 창문으로 보이는 똑같은 풍경
네모난 문을 열고 네모난 테이블에 앉아
네모난 조간신문 본 뒤
네모난 책가방에 네모난 책들을 넣고
네모난 버스를 타고 네모난 건물 지나
네모난 학교에 들어서면
또 네모난 교실 네모난 칠판과 책상들
네모난 오디오 네모난 컴퓨터 TV
네모난 달력에 그려진 똑같은 하루를
의식도 못 한 채로 그냥 숨만 쉬고 있는 걸
주위를 둘러보면 모두 네모난 것들뿐인데
우린 언제나 듣지 잘난 어른의 멋진 이 말
'세상은 둥글게 살아야 해'
지구본을 보면 우리 사는 지군 둥근데
부속품들은 왜 다 온통 네모난 건지 몰라
어쩌면 그건 네모의 꿈일지 몰라

_네모의 꿈 유영석 작사/작곡

다양한 표현이 넘치는 학교

대한민국 국민 중에 한 번도 학교교육을 받지 못한 사람은 극소수입니다. 그런데 거의 모두가 학교를 다녔지만 학교를 즐겁고 행복한 곳이었다고 자신 있게 말하는 사람은 거의 없습니다.

대부분 사람들이 가지는 학교에 대한 이미지는 통제, 시험, 경쟁, 감옥 같은 부정적인 것들입니다. 그리고 그 중에서도 가장 많은 이미지는 "학교란 똑같은 교실에서 똑같은 것을 배우고 똑같이 되라고 가르치는 곳."일 것입니다.

그래서인지 아이들이 자유로운 생각과 느낌을 표현하는 것에도 여전히 한계가 많습니다. 그것은 인권적인 학교 문화를 실천하는 인권 교육 연구학교에서도 마찬가지인 듯 합니다.

몇 년 전 인권 교육 연구학교 선생님이 저에게 도움을 청하는 메일을 보낸 적이 있었습니다. 인권 교육 연구학교 보고회를 하는데 아이들의 작품들을 어떻게 전시하면 좋을까 하는 것이었습니다. 저는 그 메일에 이렇게 답장을 하였습니다.

"지금까지 인권 교육 연구학교에서 하는 모습을 보면 다 똑같은 걸 전시합니다. 보통 인권 가족 신문, 인권 포스터, 인권 표어 등을 전시하지요. 그것도 전체 아이들의 작품도 아닌 잘되고 보기 좋은 것만 전시합니다. 아이들이 인권에 대해 자유롭게 표현하고 이야기하는 공간 하나 없는 학교가 인권 교육 연구학교라고 할 수는 없지 않을까요? 보고회 때 으레 하는 것들을 전시하는 것보다 아이들이 직접 참여해 볼 수 있는 것을 전시하면 어떨까요? 예를 들어 어린이 인권과 관련된 주제 하나를 선정해서 학교 벽 하나에 아이들이 자유롭게 글을 쓰고 낙서도 하고 색칠도 할 수 있는 판을 만드는 것이죠."

제 제안에 대해 선생님은 고려해 보겠다고 하셨지만 결국 보고회 때에는 다른 연구학교 보고회 때와 똑같이 잘 만들어진 포스터와 표어 그리고 가족 신문만이 전시되고 말았습니다. 사실 잘 꾸며진 가족 신문과 포스터가 아닌 자유로운 아이들의 낙서를 좋아할 학교는 없겠지요. 하지만 인권 교육 연구학교 중 한 곳이라도 자유롭게 숨 쉬는 아이들의 모습을 보여 줄 수 있었다면 얼마나 좋을까 하는 아쉬움도 가져 봅니다.

앞에서 말한 전시회나 작품뿐만이 아닙니다. 아이들이 학교에서 일상적으로 학교 운영에 대한 건의를 하거나 자신의 생각을 표현하는 것은 거의 불가능합니다. 사실 학교에 있는 건의함은 있으나 마나 한 경우가 많습니다. 제가 속해 있는 인권 교육을 위한 교사 모임의 한 선생님이 이야기한 학교에서 일어난 작은 소동은 이러한 어린이들의 처지를 그대로 보여 준다고 생각됩니다.

어느 날 ○○초등학교, 월요일 교직원 회의에서 일어난 일입니다. 교장 선생님이 몹시 불쾌한 표정으로 선생님 앞에 섰습니다. 한 손에는 작은 종이 쪽지가 있었습니다.

"선생님들께서 예절 교육을 충실하게 시키지 않으니까 아이들이 이런 예의 없는 행동을 하는 것입니다."

교장 선생님의 심기를 불편하게 한 것은 바로 쪽지 한 장이었습니다. 이 쪽지에 교장 선생님의 욕이라도 잔뜩 쓰여 있었던 것일까요? 아닙니다. 이 쪽지에는 교장 선생님에게 바라는 것을 적은 건의 사항이 적혀 있었습니다.

교장 선생님이 화가 난 것은 바로 쪽지가 전달되는 방식이었습니다. 직원회의가 시작되기 한 시간 전 교장실의 문이 살짝 열리더니 한 아이가 이 쪽지를 던지고 줄행랑을 친 것입니다.

"누가 이렇게 예의 없게 쪽지를 던지고 갔는지 꼭 밝혀

내세요."

교장 선생님의 당부의 말을 끝으로 직원회의가 끝났지만 선생님들은 이 아이의 건의 사항이 뭔지 잘 몰랐습니다. 교장 선생님도 이 쪽지의 내용엔 별 관심이 없었습니다. 사실 교장 선생님의 눈에는 공손하게 노크를 하고 문을 열어서 인사를 하고 정중하게 쪽지를 전달하지 못한 아이의 잘못만 보였기 때문입니다.

저는 이 이야기를 전해 듣고 몹시 마음이 아팠습니다. 교장 선생님이 직접 말하지 못하고 문을 살짝 열어 쪽지를 던질 수밖에 없는 아이의 심정을 헤아렸으면 얼마나 좋았을까? 그리고 더 나아가서 학교에 자신의 의견을 용기를 내서 이야기할 수 없는 아이들이 있다는 사실을 알고 좀 더 쉽게 아이들의 목소리가 담길 수 있는 건의 방법은 어떤 것이 좋을지 고민하는 선생님들이 있었으면 얼마나 좋을까? 하는 아쉬움 때문이었습니다. 그리고 아이의 행동을 보기 이전에 그 쪽지 내용을 먼저 볼 수 있는 여유가 없는 우리 어른들의 모습도 부끄러웠습니다.

먼지 쌓인 건의함만 있는 곳이 아니라, 거리가 멀고 무섭기만 한 교장 선생님이 있는 학교가 아니라, 인터넷으로도, 선생님을 통해서도, 쪽지와 게시판을 통해서도 다양하게 아이들의 생각과 의견이 표현될 수 있고 그 의견에 대해 진지하게 생각해 주는 선생님들이 있는 학교는 가능하지 않은 걸까요?

생각해 보면 우리 아이들이 자신의 생각을 자유롭게 표현할 수 있는 기회가 없는 것은 오직 학교뿐만은 아닙니다. 가정에서도 그리고 사회에서도 아이들의 목소리는 무시당하기 일쑤이기 때문입니다. 아이들이 무언가를 이야기하려고 해도 정리되지 않은 날선 이야기들은 모두 제지당하는 것이 사실입니다. 그런데, 만약 아이들이 자신의 생각을 자유롭게 표현할 수 있는 통로가 생기면 어떨까요?

2005년 제가 속해 있던 인권 교육을 위한 교사 모임에 전교조 서울 지부가 어린이 인권과 관련된 토론회를 주최해 보자는 제안을 한 적이 있습니다. 처음에 서울 지부에서 제안한 것은 어린이 인권과 관련된 사람들을 섭외해서 토론회를 여는 것이었습니다. 매년 어린이날이면 으레 해왔던 행사와 별반 다르지 않았지요.

그런데 모임을 함께하는 선생님 중 한 분이 이런 제안을 했습니다. 어린이 인권에 대해 이야기하는데 어린이들도 토론자로 참석해야 하지 않을까 하는 것이었지요. 그리고 이야기를 더 하자 이번엔 식상한 어른들의 이야기가 아니라 모든 토론자들이 어린이가 되면 어떨까 하는 제안을 했습니다. 모임 선생님들은 모두 찬성을 했습니다.

그래서 탄생한 것이 바로 '어린이가 말하는 와자지껄 인권 이야기 마당 〈조용히 해 주세요! 우리도 말하고 싶어요!〉'입니다.

행사에 대한 계획이 세워지자 선생님들은 분주해졌습니다. 자신이 속한 학교뿐 아니라 다른 여러 초등학교에 홍보를 하고 이야기를 할 아이들을 모집했습니다. 드디어 어린이날 전날인 5월 4일 어린이 인권에 대해 어린이가 말하는 소중한 행사가 열리게 되었습니다.

어린이날 전날인 5월 4일 오후 3시부터 5시까지 벌어진 이 행사는 지금까지 열렸던 어린이 인권 관련 행사와 두 가지가 달랐습니다. 먼저 참석한 사람들이 사뭇 달랐습니다. 이 토론회에서는 교육 전문가로 자처하는 어른들은 한 명도 참석하지 않았습니다. 어린이 인권을 주제로 이야기하러 온 아이들 열다섯과 이들과 함께 이야기하려고 온 쉰 명 남짓한 참석자들 대부분이 1학년부터 6학년까지의 초등학생들이었습니다.

두 번째는 행사의 분위기였습니다. 어른들이 심각한 표정으로 앉아 있는 여느 토론회에서의 딱딱함은 찾아볼 수 없었습니다. 시종일관 자유롭고 편안한 분위기가 토론회를 꽉 채웠습니다.

토론회가 열리는 회의실에는 아이들이 자신들의 주장을 글과 그림으로 표현한 것들이 이곳저곳에 재미있게 붙어 있었고 여건상 토론회를 참석 못 한 아이들이 자신의 생각들을 영상 속으로 이야기하는 시간으로 토론회는 그 문을 열었습니다.

아이들의 어린이 인권 주제는 학교, 학원, 가정에서의 체벌 문제에 대한 어린이 생각과 주장을 담은 '때리지 마세요.'와 학교와 학원을 오가며 강요된 공부에 시달리는 아이들의 생각을 담은 '놀 시간이 부족해요.' 이렇게 두 가지를 가지고 진행되었습니다. 그 속에서 어린이들은 체벌과 강요된 공부에 대한 문제점을 또박또박 늘어놓았습니다.

체벌 문제에서 가장 나이 어린 토론자였던 1학년 친구는 "때리는 것이 습관이 될 수 있으니까 때리지 말고 부모님께 사과하면 되는 것으로 하면 좋겠다."는 의견을 분명히 이야기해 어린이 방청객들에게 박수를 받았습니다. 6학년 토론자로 참여한 친구는 "초등학교에 맞는 공부가 아니라 중학교와 고등학교, 대학교를 대비해서 많은 양을 공부하라고 강요받기보다는 알맞은 양을 공부할 수 있으면 좋겠다."는 의견을 내놓기도 했습니다.

어린 토론자들의 이야기를 듣는 다른 아이들도 여기저기서 손을 들고 자신의 이야기를 자유롭게 이야기했습니다. 누구도 딱딱하고 어려운 용어를 쓰면서 어린이 인권을 이야기하지 않았습니다. 혹, 참석한 어른들이 어려운 말을 하면 곧바로 쉽게 풀어서 설명해 달라는 요청이 들어왔습니다. 어려운 말만 잔뜩 하고 아이들은 아무 말도 못 하는 토론회가 아니라 아이들에 의한 아이들을 위한 토론회였던 것입니다.

그래서인지 기자들이 한 명도 오지 않았고 어른들이 대부분 무관심했던 토론회였지만 저에게는 이 토론회가 지금까지 참석했던 토론회 중에서 가장 기억에 남는 토론회가 되었습니다.

자유롭고 다양하게 자신을 표현하는 아이들에 대해 이야기를 하고 있지만 이 글을 보시는 분들 중에는 이렇게 이야기하는 분들도 있을 것입니다.

"아이들이 자신을 표현하는 데 너무 서툴러요. 느낌이나 감정을 물어보면 '그냥요.'라고 대답하는 게 대부분이에요."

아이들이 자신의 생각을 표현하는 방법이 서툰 것은 사실입니다. 서툴게 말하면 창피를 당할 거라는 두려움도 있고 어떻게 표현하는 게 좋을지 고민되기 때문입니다. 어쩌면 아이들이 자신의 감정이나 생각을 표현하기 위해서는 많은 경험이 필요한지도 모릅니다. 아래 소개하는 세 가지는 아이들이 자신들의 생각을 다양하게 표현하는 방법을 경험하게 하는 프로그램들입니다.

이 프로그램은 처음 만나는 아이들이나 서로 긴밀한 관계 형성이 안 된 아이들의 친밀감을 높이고 서로를 쉽게 알고 손쉽게 자신을 표현하는 방법으로 사용하면 효과적입니다.

첫째, 세 명이 한 모둠이 되어 게임을 합니다. 그중에 두 명은 서로 양손을 맞잡아 팔을 둥글게 만듭니다. 나머지 한 명은 두 사람이 맞잡은 팔 안쪽으로 들어갑니다. 두 사람은 둥지가 되고 안에 들어간 한 사람은 새가 되는 것이지요.

둘째, 세 명이 한 모둠으로 나누다 한 사람이 남으면 그 사람이 술래가 됩니다. 술래는 세 가지 말 중에 하나를 외칠 수 있습니다.

셋째, 술래가 "새 날아!"라고 외치면 새가 된 사람은 반드시 다른 둥지로 날아가야 합니다. 이때 술래는 새가 돼서 빈 둥지를 찾아갑니다. 둥지에 들어가지 못한 새가 술래가 됩니다.

넷째, 술래가 "둥지 날아!"라고 외치면 둥지가 된 사람은 반드시 다른 새를 찾아가 둥지를 만들어야 합니다. 이때 붙잡은 손을 떼고 다른 사람과 둥지를 만들어야 합니다. 술래는 날아가는 둥지 중에 한 사람과 손을 잡고 둥지가 됩니다. 이때 둥지가 되지 못한 사람은 술래가 됩니다.

다섯째, 술래가 "모두 날아!"라고 외치면 둥지와 새 모두가 새롭게 만들어집니다. 이때 술래는 새나 둥지가 됩니다. 이때 한 사람이 남으면 그 사람이 다시 술래가 됩니다.

게임을 할 때 새롭게 둥지나 새가 바뀌면 새와 둥지가 친해지는 시간을 갖습니다. 새는 둥지에게 자기소개나 자신이 좋아하고 싫어하는 것, 자기가 하고 싶은 이야기를 해야 합니다. 둥지들이 그것과 이야기한 것과 관련해서 질문을 해도 됩니다.

이렇게 정신없이 게임을 하다 보면 어느새 아이들은 서로에 대해 조금씩 알게 됩니다.

나는 마법 사진기

이 게임은 서로의 생각과 시선의 다름을 알게 되고, 자신의 생각과 느낌을 말하고 다른 사람의 생각과 느낌을 이해하는 경험을 할 수 있습니다.

첫째, 두 사람이 한 모둠입니다. 두 사람이 나란히 서고 앞사람은 마법 사진기가 되고 뒷사람은 사진사가 됩니다.

둘째, 마법 사진기는 눈을 감고 있습니다. 사진사는 마법 사진기가 된 사람의 어깨에 잡습니다. 마법 사진기는 눈을 감은 채, 오직 사진사의 목소리에 따라 움직입니다. 앉고 서고 좌우 후진 전진을 말하면 그대로 움직입니다.

셋째, 사진사가 찍고 싶은 풍경이나 사람 또는 사물이 있는 곳에 가면 "찰칵!"이라고 큰 소리로 말합니다. 그러면 마법 사진기는 이때만 눈을 뜹니다.

넷째, 사진이 다 찍히면 사진사는 사진기와 함께 원래 위치로 돌아옵니다. 모든 것이 끝나면 사진기가 된 사람은 본 풍경에 대해 이야기를 합니다. 사진사도 자신이 무엇을 찍고 싶었는지 이야기해 봅니다. 서로 생각이 다르다면 왜 다른지도 이야기해 봅니다.

다섯째, 사진기와 사진사가 역할을 바꾸어 다시 한 번 해 봅니다.

이 게임을 통해 서로의 생각을 이해하고 눈을 감은 채 뒷사람의 말에 의지해 움직여 보면서 서로에 대한 신뢰감도 쌓을 수 있습니다.

몸으로 만드는 인권 박물관

이 게임은 학교, 가정, 사회에서 벌어지는 일 중에서 인권침해라고 생각되는 상황을 무언극으로 모둠별로 꾸며 보고 그것에 대해서 다른 조에서 맞혀 보는 게임입니다. 이 게임은 초등학교 중학년 이상의 아이들에게 적합한 게임입니다.

첫째, 모둠별로 나누어서 학교, 가정, 사회에서 일어나는 인권침해 상황 중 하나를 선정하고 무언극 역할을 정합니다.

둘째, 무대에 나가면 우선 한 사람씩 정지 동작으로 각 행동의 대표적인 모습만 취해 줍니다.

셋째, 다른 모둠 사람들이 그 모습을 보고 맞히기 어려워하면 멈춘 상태에서 말은 하지 않고 동작으로만 표현합니다.

넷째, 동작만으로도 맞히기 어려우면 마지막으로 목소리 연기를 합니다.

다섯째, 내용을 맞힌 모둠은 어떻게 해야 그 인권침해 상황을 해결할 수 있는지 이야기를 해야 점수를 땁니다.

여섯째, 모둠별로 돌아가면서 상황을 알아보고 서로 하고 난 느낌을 이야기해 봅니다.

이 게임은 인권침해 상황에 대한 교육이 있은 후에 정리하는 의미로 진행하면 효과가 있습니다. 몸으로 상황을 표현하는 이 프로그램을 통해서 아이들은 인권의 가치를 몸으로 익히고 현재 우리 사회에서 일어나는 인권침해와 관련된 일들을 아이들이 좀 더 쉽게 이해할 수 있습니다.

위에 예를 든 세 가지 프로그램 말고도 아이들이 자신의 생각을 자연스럽게 표현할 수 있는 경험을 많이 할 수 있는 프로그램들은 손쉽게 구할 수 있을 것입니다.

선생님들이 이렇게 아이들과 여러 가지 활동을 통해 아이들의 다양함을 북돋아 준다면, 그리고 학교가 아이들의 다양한 목소리를 담을 수 있는 넉넉한 여백을 가지고 있다면, 아이들은 자신의 목소리로 자신의 몸짓으로 자신의 글과 그림으로 자유를 표현하게 될 것입니다. 그리고 그때야말로 학교는 더 이상 똑같은 것을 가르치고 똑같은 사람을 만드는 공장 같은 곳이 아니라 사람들이 배우고 성장하는, 사람을 키우는 곳이 될 것입니다.

인권의 눈으로 학교 바라보기

9년 전, 한번은 국가인권위원회에서 회의에 참석을 부탁하는 공문을 학교로 보낸 적이 있습니다. 별 생각 없이 출장을 달고 학교를 나서려는데 교감 선생님이 저를 불러 세웠습니다. 무슨 일인가? 해서 가 보니 교감 선생님은 안경을 치켜며 의심스러운 표정으로 제게 물었습니다.

"국가인권위원회란 단체하고 이 선생하고는 무슨 관계인 거야?"

그 당시에는 국가인권위가 무얼 하는 곳인지 심지어 그곳이 국가기관인지조차 모르는 사람들이 많았습니다. 결국 교감 선생님이 저에게 그렇게 물어본 이유는 "인권이라는 불순한 말이 들어가는 수상한 단체에서 왜 저를 부르냐?"라는 물음이었던 것입니다.

지금이야, 학생 인권 조례 재정에 대한 관심도 높아지고 인권이란 말이 학교에서도 쉽게 오르내리고 있지만 불과 10년 전만 해도 인권이나 인권 교육을 이야기하는 선생님들은 거의 없었습니다.

10년이 지난 지금 인권 교육에 대한 연수도 많아지고 인권 교육 연구학교도 많이 지정되어 아이들에게 인권 교육을 하는 것이 그리 놀라운 일이 아니게 되었지만 사실 학교 현장은 그리 많이 변하지 않았습니다. 인권이란 말은 여전히 생소하고 인권 교육 연구학교를 하는 선생님들도 인권적인 학교를 위해 뭘 해야 하는지 답답해하시는 분들도 많습니다.

어쩌면 집단성, 획일성, 그리고 경쟁이라는 문화가 오랫동안 지배해 온 우리나라의 교육 현실을 바꾸지 않고 인권 교육을 이야기한다는 것은 거의 불가능해 보이기도 합니다. 하지만 희망이 없는 것은 아닙니다. 조금씩 조금씩 근 10년 동안 인권 교육을 실험하고 학생 인권에 대해 고민하면서 학교의 문화도 조금씩 변화하고 있기 때문입니다. 그래서 어쩌면 우리에게 당장 필요한 것은 뛰어난 인권 교육 프로그램이 아니라 학교를 인권의 눈으로 바라보고 조금씩 바꾸어 보려는 선생님들의 작은 실천들일지도 모릅니다.

그리고 이를 위해서는 지금껏 당연하다고 생각했던 것들에 물음표를 던지는 것이 필요합니다 인권의 눈으로 학교에서 일어난 모든 것에 대해 질문을 던지는 것, 그것이 작은 실천의 첫 시작일 것입니다.

아침 조회는 꼭 해야 할까요? 일제강점기 때 월요일마다 했던 동방요배(일본 쪽을 향해 절하는 것)의 잔재인 이것을 아직까지 강제로 진행해야 하는 이유는 무엇일까요? 애국 조회를 해야 아이들에게 정말 나라 사랑 마음이 길러지는 것일까요?

아이들은 아침 조회에서 애국가, 국기에 대한 경례를 무조건 해야 하고 선택할 권리가 없는 것일까요? 만약 선택하게 한다면 아이들은 아무도 안 할 게 분명하다고요? 그럼, 강제로 만들어진 애국 조회를 한다고 애국심까지 강제로 생기는 것일까요?

아이러니하게 우리 역사에서 국민을 탄압하고 인권을 유린한 대통령일수록 학교 국민의례 교육을 강화하려고 애썼습니다. 그들이 원했던 것은 아무 비판 없이 나라에 무조건 충성해서 결국 자신이 원하는 대로 움직이는 생각 없는 국민을 만들려는 것은 아니었을까요?

종교적 이유, 신념에 따라 이제 아이들에게도 자신의 애국심을 표현하는 방법을 선택할 권리를 줘야 하는 게 아닐까요?

일기 검사

지난 2005년 국가인권위원회에서 일기 검사가 인권침해의 소지가 있다는 의견을 냈을 때, 학교 현장에서는 선생님들의 의견이 분분했습니다. 일기 검사는 지금까지 글쓰기 교육이나 상담에 효과적인 방법으로 사용되었으니까요. 그런데 생각해 보면 지금까지 많은 선생님들이 일기 검사를 해 왔지만 나이가 들어서도 일기 쓰기라는 좋은 습관을 가진 사람이 별로 없는 것을 보면 일기 검사가 일기 쓰기 습관에 도움이 된다고 이야기하기는 조금 어려울 것 같습니다.

모둠 일기나 대화장, 또는 다른 글쓰기 교육을 통해서 교사와 학생들이 대화를 나누는 방법은 없는 걸까요? 일기 쓰기가 좋은 습관임을 알려 주기 위해 쓰기 싫어도 억지로 쓰게 하고 속마음도 솔직하게 쓸 수 없는 일기 쓰기라면, 아이들에게 일기 쓰기가 정말 행복한 글쓰기가 될 수 있을까요?

출석 부르기

왜 출석 번호는 남자가 먼저일까요? 남자는 1번부터 시작되고 여자는 왜 51번부터 시작할까요? 남녀가 섞여서 만들어지는 출석부는 불가능한 걸까요? NEIS에서도 이러한 방식은 그대로입니다. 그리고 학교에서는 NEIS 시스템도 바뀌지 않으니, 예전처럼 그대로 사용하고 있습니다. NEIS 시스템을 바꾸는 것은 불가능한 것일까요? 시스템이 바뀌지 않더라도 선생님들이 출석부로 부를 때만이라도 남녀 차별 없이 부를 수는 없을까요?

집중 신호

"모두 손 머리!", "박수 세 번 시작!"
 특별한 집중 신호로 아이들이 똑같은 행동을 하도록 하는 건 정말 효과가 오래가나요? 집중을 하기 전에 정말 집중이 꼭 필요한 사항인지, 문자나 기타 다른 방법으로 전달해도 상관없는 상황인지 먼저 생각할 필요가 있지 않을까요?
 너무 자주 남발하는 집중 신호는 정말 아이들이 집중해서 선생님을 바라볼 필요가 있을 때에는 효과가 적어지지 않을까요? 오히려 집중을 시키는 행위 때문에 수업 시간이 지나가는 경우가 많진 않나요? 그리고 선생님이 쓰는 집중 신호는 왜 대부분 학생들은 쓸 수 없을까요? 선생님들도 학생들의 말에 집중해서 들어 주는 시간이 필요한 게 아닐까요?

모둠 및 개인 상벌제

많은 교실에서 모둠 중 잘하는 모둠에게 상을 줍니다. 스티커, 사탕, 선물 등등입니다. 아이들은 구체적인 상이 없으면 아무것도 하지 않을까요? 아이들에게 같이 해 보자!라고 말하면 "그럼 상으로 뭘 주실 건데요?"라고 되묻는 아이들이 많습니다. 이런 모습 어쩌면 어른들 때문에 생긴 건 아닐까요?

경쟁을 해야만 정말 아이들은 모둠 활동을 열심히 할까요? 칭찬과 격려만으로도 아이들이 행복해질 수는 없는 걸까요? 상벌과 경쟁이 꼭 필요하다는 생각이 교사들끼리의 경쟁도 부추기고 있지는 않나요?

지적, 꾸중, 훈계

아이들에게 지적하고 꾸중하시기 전에 아이들이 왜 그 행동을 했는지 먼저 알아보는 건 어떨까요? 먼저 학생들에게 마음 아픈 일은 없는지 살펴보면 어떨까요? 아이들이 커 가면서 경험하는 다양한 실수들이 아이들이 성장하는 소중한 밑거름이란 걸 믿고 계시다면, 학생들의 실수를 좀 더 열린 마음으로 볼 수 없을까요? 아이들이 자신의 이름이 불릴 때, 혹시 내가 뭘 잘못했나? 하고 불안한 표정으로 선생님을 바라보고 있다면 우리 교육이 정말 행복을 만드는 일이라고 말할 수 있을까요?

체벌

지구상에 아이들 말고 잘못했다고 매로 죗값을 치러야 하는 사람이 얼마나 될까요? 지금 우리의 교육 현실에서 매를 대지 않으면 교육이 불가능하다고 말하는 선생님들도 많습니다. 하지만, 과밀 학급, 과중한 업무 등의 문제들 때문에 아이들의 몸과 마음에 상처를 주는 일이 정당화되어야 할까요? 간접 체벌을 허용하라는 주장들도 많습니다. 직접이든 간접이든 체벌이 아이들에게 스스로 책임지고 문제를 해결해 나갈 수 있는 경험의 기회를 박탈하고, 폭력에 복종하는 것을 배우라고 강요하는 건 아닐까요?

쉬는 시간

"10분간 휴식!"

군대에서 훈련을 하고 나서 외치는 말입니다. 학교에서도 쉬는 시간은 딱 10분이지요. 쉬는 시간이 왜 10분밖에 안 되어야 하는지……. 이건 무슨 과학적 근거가 있는지 참 궁금합니다. 선생님들이 연수를 받을 때도 쉬는 시간에 참 민감한 모습을 보이는 경우가 많아요. 왜냐하면 충분히 쉬지 않으면 집중할 수 없기 때문이지요. 어른들도 그러는데 아이들은 더 많이 쉬어야 흥미롭게 공부를 할 수 있지 않을까요? 쉬는 시간 10분, 절대 바뀔 수 없는 시간인가요?

공부 내용과 양

7차 교육과정 이후 공부의 양이 더 많아졌는데 이것에 대한 적극적인 의견을 내는 선생님은 거의 없습니다. 학생들의 교육권은 필요한 교육을 받을 권리이지 강제로 교육을 받을 의무가 아닙니다. 영어 교육을 강화해야 한다는 목소리가 높아지고 나서는 아이들의 수업 시간은 더 늘어났지요. 하루에 여섯 시간 꼬박 공부하는 아이들이나 선생님이나 서로 지치는 건 마찬가지입니다. 무조건 배워야 할 것들은 점점 많아지는데, 왜 아이들이 진정 배우고 싶은 것들은 그 속에 없는 것일까요?

급식

아직도 강제로 우유 급식을 강요하는 학교가 남아 있습니다. 우유 급식을 안 하려면 의사 소견서가 필요한 경우도 있지요. 학부모가 동의하지 않으면 아이들은 우유를 끔찍이 싫어해도 먹어야 합니다. 왜 우유를 먹을지 말지 결정하는 선택권은 아이들에게 없는 걸까요? 게다가 급식 시간은 왜 한 시간도 되지 않는 걸까요? 선생님도 아이도 모두 소화불량에 걸릴 지경이에요. 이렇게 밥을 급하게 먹어야 하는 건가요? 식사 습관은 중요하게 생각하면서 왜 아이들의 식사 환경은 외면하는 걸까요? 한 가지더, 보통 초등학생 1학년부터 6학년까지 자기 밥은 자기가 다 타 먹는데, 몇몇 교장, 교감 선생님들은 왜 1학년도 할 수 있는 자기 밥 타기를 못 해서 대신 타다 줘야 하는 걸까요?

청소

청소는 언제부터 벌이 된 것일까요? 왜 청소는 하기 싫은 일이 된 것일까요? 학생이나 선생님이나 함께 쓰는 공간인데 학생들만 청소를 하는 경우가 많은 건 왜일까요?

더 궁금해지는 건 교장실, 교무실 청소예요. 아이들은 전혀 사용하지 않는 곳을 왜 아이들이 대신 청소해야 하는 건가요? 아침 조회 시간에 언제나 자기 일은 자기 스스로 하는 어린이가 되어야 한다고 이야기하시면서 자기가 쓰는 공간도 스스로 청소하지 않는 선생님들을 보고 청소를 기쁜 마음으로 하는 아이들이 과연 있을까요?

평가

평가를 하는 이유는 순위를 매기기 위해서도 경쟁을 부추기기 위해서도 아닙니다. 아이들의 부족한 부분을 파악하고 피드백을 하기 위해서이지요. 하지만 지금 학교에서 하는 평가는 수행평가든, 성취도 평가든 순위를 매기거나 상중하로 나누는 일 이외에 관심이 없어 보입니다. 게다가 성적표에 "노력을 요함"이나 "하"를 받은 아이들이 부족한 공부를 하고 나서 성적표가 바뀌었다는 소리도 들어

본 적이 없습니다.

아이들에게 필요한 것은 더 많은 평가가 아니라 더 많은 지원이 아닐까요? 1등에서 꼴찌까지 줄을 세우기 위해서가 아니라면 현재 하고 있는 모든 평가 방식은 바뀌어야 하지 않을까요?

학급 규칙이나 약속 정하기

"왜 학급 규칙을 안 지켜!"

아이들에게 이런 꾸중을 하기 전에 한번 생각할 필요가 있습니다. 이 학급 규칙은 과연 누가 만든 것일까요? 아이들이 만든 것일까요? 아니면 선생님이 아이들을 통제하기 편하게 만든 것일까요? 어떨 때에는 선생님이 말하면 그게 바로 학급 규칙이 되어 버립니다. 그래서인지 아이들은 학급 규칙을 잘 지키려는 노력을 하기 전에 안 지키면 어떻게 되는지에 더 관심 있습니다. 게다가 학급 규칙과 약속 중에는 체벌을 하거나 아이들에게 모욕감을 주는 것들도 많이 있습니다. 그리고 학급 규칙 중에는 선생님은 예외인 경우도 있지요. 학급 규칙을 정하는 것은 누군가를 통제하기 위해서가 아니라 서로가 서로를 존중하기 위해서가 아닐까요?

이미 정해진 생활 목표와 뻔한 반성이 되풀이되는 형식적인 학급 회의가 정말 의미 있을까요? 학급 회의가 민주주의를 배우는 과정이라면 아이들이 정말 참여할 수 있는 회의가 되어야 하지 않을까요? 아이들뿐만 아니에요. 형식적인 직원회의도 언제까지 할 건가요? 의견도 발표할 수 없고 안건도 미리 이야기되지 않고 교장, 교감 선생님들의 목소리만 들리는, 빨리 끝나는 게 가장 중요한 목적이 되어 버린 직원회의……. 혹시 어른들이 이렇게 회의를 해서 아이들에게도 형식적인 회의를 하게 만드는 건 아닐까요?

왜 심부름은 부탁이 아니라 시키는 것이 되어 버렸을까요? 윗사람이 아랫사람에게 명령하듯 말하는 게 아니라 아이들에게 부탁하면 안 될까요? 아이들 중에는 물론 심부름하는 걸 좋아하는 아이도 있습니다. 하지만, 싫어하는 아이도 있지요. 마침, 바쁜 일이나 중요한 일을 하고 있는 경우도 있지요. 먼저 아이들의 상황을 살피고 부탁하면 안 될까요? 힘이 있는 아이가 힘 약한 아이에게 강제로 심부름을 시키는 모습을 보면 어른들의 심부름시키기가 부끄러워지는 건 왜일까요?

중앙 현관 계단 통제

학교에서 일어나는 일 중에 가장 이해할 수 없는 것 중하나가 중앙 현관 계단 학생 사용 금지입니다. 왜 중앙 현관 계단은 학생들이 이용할 수 없을까요? 중앙 현관 계단은 장학사와 선생님들만 사용해야 하는 계단인가요? 어떤 학교에서는 아이들이 중앙 현관 계단을 이용하지 못하게 하기 위해 커다란 테이블로 막아 놓은 경우도 있고, 회장들을 세워 중앙 현관 계단을 이용하는 아이들을 붙잡는 학교도 있지요.

학교에서 손님이 찾아오면 주로 이용하는 계단이라 좀더 깔끔해야 한다는 생각 때문일까요? 아이들이 어디든 자유롭게 오가는 학교의 모습이 정말 보여 줘야 할 학교의 참모습 아닐까요?

불소 강제 양치

불소로 양치를 하면 충치를 예방할 수 있다지만 아이들의 치아 건강을 위해 모두가 강제로 불소 양치를 해야 할까요? 아이들의 건강에 좋더라도 먼저 아이들에게 충분한 설명과 선택의 기회를 주어야 하는 건 아닐까요?

보통 어른들이 "너희를 위한 거야."라고 강제로 시키는 일들을 하는 아이들이 전혀 행복해 보이지 않는 이유는 무얼까요?

소지품 검사

아이들이 위험한 물건을 가지고 다닐 수 있다는 이유로 소지품 검사를 하는 건 어떤가요? 그냥 아이들에게 위험한 물건을 가지고 오면 안 되는 이유를 구체적으로 알려주기만 하면 부족한 걸까요? 동의 없이 불심검문을 하고 강제로 가방 검사를 하는 건 불법이라 하는데 왜 학생들의 가방은 강제로 열어도 되는 걸까요? 모든 시민이 범죄자일지도 모른다는 생각이 불법 불심검문을 자행하게 하는데 우리 학교에서도 모든 학생들이 위험한 물건을 가지고 올 것이라는 생각을 하며 선생님들이 수업을 한다면 그 수업에 정말 희망이 있을까요?

　아이들은 미숙한 존재라서 판단도 책임도 모두 어른이 대신해 주어야 할까요? 잘못한 일이 있으면 "네가 지금 유치원생인 줄 아냐? 1학년인 줄 아냐?" 하며 핀잔만 하고, 정말 제 나이에 맞는 책임과 역할은 무엇인지 제대로 알려는 주고 있는 것일까요? 제대로 못 하면 못 한다고 혼나고 뭔가 해 보려면 어려서 할 수 없다고 하고……. 어른들 중에 아이들이 보기에도 한심한 사람들이 많습니다. 나이가 들었다는 이유로 모두 성숙한 판단을 하지 않습니다. 그런데 왜 유독 아이들은 모두 미성숙하다고만 판단하는 걸까요? 단순히 19세 이상이 되면 인간이 나비처럼 탈피를 하고 성숙한 존재가 되는 건가요? 아이들을 미성숙한 존재로 만드는 건 아무것도 못 하게 만드는 어른들 때문은 아닐까요?

　위의 질문들은 정답이 무언지를 이야기하고자 써 놓은 것이 아닙니다. 지금까지 당연하게 생각했던 학교 문화에 대해 돌이켜 생각해 보기 위해 질문을 던지는 것입니다.

그래서 이 질문 중에는 공감하는 것도 그렇지 않은 것도 있을 것입니다. 중요한 것은 정답을 가려내는 것이 아니라 선생님과 학생들이 살아 숨 쉬는 터전인 학교가 어떤 곳이어야 하는지에 대한 깊은 성찰과 고민을 시작하는 것입니다. 학생 인권이나 인권 교육 등이 이슈가 되는 요즈음 먼저 선생님들이 자발적으로 고민하고 노력한다면 불가능할 것 같은 학교 문화 변화도 불가능한 일만은 아닐 것입니다.

인권이 넘치는 학교를 만들기 위한 기준

"8반 선생님! 잠깐."

6년 전에 6학년을 할 때입니다. 같은 학년 3반 선생님이 조금 심각한 얼굴로 저에게 도움을 청했습니다.

"무슨 일이신데요?"

"저기 말이야……."

3반 선생님의 이야기는 이랬습니다. 좀 전에 선생님은 복도를 걸어오다 정수기 쪽에 아이가 서 있는 것을 발견했답니다. 자세히 보니 그 아이는 정수기 물이 나오는 꼭지에 입을 대고 쪽쪽 빨아 대며 물을 먹고 있었습니다. 선생님은 아이의 행동을 꾸짖고 정수기 청소도 하도록 단단히 말을 해 두었습니다.

그렇게 한 뒤 자기 반 교실로 돌아가려던 선생님의 두 눈에 저희 반 교실 문에 붙어 있는 "인권을 존중받는 아이들!"이란 글씨가 눈에 들어왔던 것입니다. 순간 선생님은 아차 싶었습니다.

"내가 한 행동 혹시 인권침해야?"

보통 다른 선생님 같으면 아무 생각 없이 지나칠 일을 선생님은 마음에 걸리셨나 봅니다. 저는 선생님에게 웃으며 이렇게 말했습니다.

"아니요. 잘하셨어요."

3반 선생님은 평소에도 체벌을 하지도 않고 아이들과 소통을 중요하게 생각하시는 분이었습니다. 인권 교육이나 인권적인 학급 살이에 대해서도 관심이 많은 분이었지요. 이렇게 인권에 대해 관심을 가지게 되면 자신의 행동이 혹시 아이들의 인권을 침해하는 건 아닌가? 하고 조심스러워지게 됩니다. 체벌처럼 인권침해인지 아닌지가 확실한 문제가 아니라면 내 행동이 아이들의 인권을 침해하는지를 판단하기가 쉽지 않기 때문입니다.

인권 교육 연구학교를 하신 선생님들 중에도 이런 고민을 가진 분들이 많습니다. 인권 교육 연구학교에 강의를 나가면 담당 선생님들의 하소연이 거의 똑같습니다.

"아이들에게 뭐 좀 하려고 하면 '그건 인권침해예요!' 라고 말해서 죽겠어요."

그런데 아이들에게 이런 말이 나오는 것은 당연합니다. 인권에 대해 공부하면 할수록 아이들은 자기 인권에 대해 민감하게 반응하기 마련이기 때문입니다. 하지만 선생님들 입장에서는 아이들의 이런 반응에 대해 어떻게 이야기하면 좋을지 난감할 수 있습니다.

　사실 학교에서 일어나는 여러 가지 일들을 인권의 기준으로 판단하는 것은 쉬운 일이 아닙니다. 체벌은 인권침해이고 말로 혼내는 것은 인권침해가 아니다 식으로 간단히 판단할 문제가 아니기 때문입니다. 그렇다고 해서 판단해 볼 기준이 없는 것은 아닙니다. 간단히 소개해 드리면 다음과 같습니다.

　첫째, 적어도 세계인권선언문, 국제인권협약 등에서 제시되는 인권의 내용이 지켜지고 있는지 그렇지 않은지는 한 가지 기준이 될 수 있습니다.

　세계인권선언은 선언을 만들 당시 인권에 대한 각 나라의 문화와 사회적 차이를 반영하여 최소한 지켜야 할 인권의 영역을 제시한 것입니다. 또한 유엔아동권리협약과 같은 인권 협약들은 세계인권선언문을 기초로 인권 보장에 대한 국가 간 협의에 의해 만들어졌습니다. 결국 이러한 협약들의 내용은 적극적인 인권 신장의 모색이기보다는 각 나라의 이해와 문화적인 차이를 모두 고려해서 적어도 각 나라에서 보장받아야 할 인권의 가장 기초적인 조건을 제시하고 있는 셈입니다. 그러므로 국제 협약이나 인권 선언문의 내용은 세계가 인권에 대해 가장 폭넓게 합의할 수 있는 부분만을 모아 놓았다 해도 과언이 아닙니다. 그러므로 이 협약과 선언의 내용조차 지켜지지 않는다면 당연히 인권침해라고 말할 수 있을 것입니다. 이 중에서 아동권리협약은 학교에서 아이들과 함께 생활할 때 좀 더 깊이 있게 살펴보아야 할 것입니다. 아래 내용은 아동권리협약을 아이들도 쉽게 읽을 수 있도록 정리한 것입니다.

제1조
이 권리는 우리들(세상의 모든 18세 미만 어린이와 청소년)의 권리를 보장하기 위해 만들어졌어요.

제2조
우리들은 피부색이 어떤 색이건, 흑인종, 황인종, 백인종, 홍인종이건, 여자이건 남자이건, 믿는 종교가 무엇이건, 몸이 불편하건 아니건, 부자이건 가난하건, 사는 곳이 어디건, 남자를 좋아하건 여자를 좋아하건, 어떤 이유에서건 차별받지 않을 권리가 있어요.

제3조
이 협약에 서명한 나라는 우리들의 이익과 인권을 가장 먼저 고려해서 정책을 만들고 일을 해야 해요.

제4조

이 협약에 서명한 나라는 우리들의 인권을 위한 구체적인 제도와 법을 만들어 보장해야 해요.

제5조

이 협약에 서명한 나라는 우리들의 부모, 또는 보호자가 우리들의 능력 발달에 맞도록 적절하게 보살필 책임이 있음을 알고 이를 보장해 주어야 해요.

제6조

우리들은 생명을 존중받을 권리를 가지고 있으며, 이 협약에 서명한 나라는 우리들의 생명을 유지하고 우리의 몸과 마음을 기를 수 있도록 최대한 보장을 해야 해요.

제7조

우리들은 이름과 국적을 가질 권리를 가지고 있으며 부모가 누군지 알 수 있어야 하고, 부모로부터 보살핌을 받을 권리를 가지고 있어요.

제8조

이 협약에 서명한 나라는 우리가 이름과 국적, 가족 관계 등 우리들의 신분 보장을 위해 필요한 사항들을 법을 정해 보장해야 해요.

제9조

우리들은 우리들의 인권이 침해당하는 경우가 아닌 한 부모와 함께 살 권리를 지니고, 부모와 떨어져 살 경우에도 부모를 만날 권리를 가지고 있어요.

제10조

이 협약에 서명한 나라는 우리들과 부모가 서로 만나기 위해 다른 나라로 가기 위해 신청할 때 신속히 허가해서 부모와 우리들이 만날 수 있도록 보장해야 해요.

제11조

이 협약에 서명한 나라는 우리들이 불법으로 다른 나라로 끌려가거나 강제로 다른 나라에 묶여서 돌아오지 못하는 경우가 생기지 않도록 하는 협정을 다른 나라와 체결해야 해요.

제12조

이 협약에 서명한 나라는 우리들이 우리에게 영향을 미치는 일에 대해 우리 생각을 말할 권리를 보장하여야 하며, 우리들의 생각과 의견을 존중해 주어야 해요.

제13조

우리들은 말하기, 글쓰기, 그리기 등을 이용해서 자유롭게 자신의

생각을 표현할 수 있어야 하며 나라에 관계없이 모든 종류의 정보
와 생각들을 접하고, 전달할 수 있어야 해요.

제14조
우리들은 내가 원하는 종교를 믿을 수 있고 내가 생각하고 믿는 것
에 따라 행동할 수 있도록 보장받아야 해요.

제15조
우리들은 평화로운 목적의 모임을 가질 수 있고 시위와 집회를 할
자유가 있어요.

제16조
우리들은 우리 가족에 대한 정보나 우리 자신의 사생활이 공개되
지 않을 권리를 가지고 있으며, 인터넷, 편지, 전화 등을 사용할 때
도청이나 감시를 받지 않을 권리를 가지고 있으며, 우리의 명예를
지킬 권리가 있어요.

제17조
우리들은 우리가 필요한 정보를 어느 나라를 가든지 찾을 수 있어
야 하고 이러한 정보들을 제공받을 때는 우리들에게 해를 끼치는
정보가 아닌 도움이 되는 정보만을 제공받을 권리가 있어요.

제18조

부모님들은 우리들을 보살피는 데 함께 책임을 져야 하며, 이 협약에 서명한 나라는 부모가 이러한 책임을 다하도록 지원해 주어야 해요.

제19조

우리들은 폭력과 학대, 버려짐 등에서 보호받아야 하며, 이 협약에 서명한 나라는 우리들의 학대를 막고, 학대로 고통받는 우리들을 보호하기 위한 모든 노력을 다해야 해요.

제20조

이 협약에 서명한 나라는 우리들이 가족이 없을 경우 양부모를 갖게 하거나 보호시설을 제공해서 특별히 보호해야 하며, 우리들의 다양한 차이를 고려해서 알맞은 보호를 해야 해요.

제21조

입양 제도가 있는 경우 입양을 결정할 때 우리들의 권리를 최우선으로 고려해야 하며, 법적 책임이 있는 기관에 의해서만 입양이 이루어지도록 보장해야 해요.

제22조

이 협약에 서명한 나라는 우리들이 굶주림이나 학대를 피해 다른 나라로 갔을 경우 특별한 보호를 받을 수 있도록 노력을 해야 해요.

제23조
이 협약에 서명한 나라는 우리들이 장애가 있을 경우 우리의 인권을 보장받고 사회의 주인공으로 적극적으로 참여할 수 있도록 특별한 지원과 교육을 제공해야 해요.

제24조
이 협약에 서명한 나라는 우리들이 최상의 건강 수준을 누릴 수 있도록 우리들에게 적절한 의료 서비스를 제공해야만 해요.

제25조
이 협약에 서명한 나라는 우리들이 건강하게 자라도록 정기적으로 보살펴야 해요.

제26조
우리들은 사회보험을 포함, 사회보장을 누릴 권리가 있어요.

제27조
우리들은 몸과 마음이 고르게 발달하기 위해 필요한 적합한 생활을 누릴 권리가 있어요. 부모님들이 제일 먼저 우리들의 몸과 마음이 발달하도록 보살필 책임이 있고, 그렇지 못할 경우에는 나라에서 적극적으로 도움을 주어야 해요.

제28조

이 협약에 서명한 나라는 우리들이 공평한 교육의 기회를 가지고
있음을 알고 적어도 초등교육까지는 교육받을 수 있도록 해야 하며
우리들이 더 많이 교육받을 수 있도록 적극적으로 지원해야 해요.

제29조

교육은 우리들의 재능을 발달시키고 몸과 마음이 고르게 발달할
수 있는 방향으로 이루어져야 하며 우리들이 세상의 모든 사람들
과 이해와 평화, 관용, 평등, 우정의 정신을 기르며 삶을 스스로 준
비해 나갈 수 있는 내용으로 이루어져야 해요.

제30조

우리들이 소수민족이라면 우리들의 고유한 문화와 종교를 누리고,
고유의 언어를 사용할 권리를 가져야 해요.

제31조

우리들은 충분히 쉬고 여가 생활을 즐기며, 문화 예술 활동에 참여
할 권리가 있어요.

제32조

우리들은 가혹한 노동에 혹사당해서는 안 되고 우리들의 건강과
발달을 위협하고 교육에 지장을 주는 유해한 노동으로부터 보호받
아야 해요.

제33조

이 협약에 서명한 나라는 마약 등의 위험한 약물로부터 우리들을
보호하여야 하며, 위험한 약물이 생산되고 사고파는 데 우리들이
이용되지 않도록 모든 노력을 취하여야 해요.

제34조

이 협약에 서명한 나라는 모든 형태의 성폭력으로부터 우리들을
보호할 의무를 지며, 우리들이 성적으로 수치심을 느끼거나 이용
당하지 않도록 모든 노력을 취해야 해요.

제35조

이 협약에 서명한 나라는 우리들을 대상으로 한 모든 형태의 유괴
나 인신매매를 방지하기 위한 조치를 취하여야 해요.

제36조

이 협약에 서명한 나라는 우리들이 건강한 삶을 살아가는 데 방해
가 되는 모든 형태의 폭력으로부터 우리들을 보호하여야 해요.

제37조

우리들은 고문이나 불법적으로 체포하고 가두는 것 그리고 사형이나 종신형 등의 무거운 형벌로부터 보호받아야 해요. 우리가 혹시 죄를 지었어도 어른들과 함께 가두어서는 안 되고 가족과 만나고 빠르고 합법적이며 공정한 재판을 받도록 보장해 주어야 해요.

제38조

적어도 열다섯 살이 안 되었는데 우리들이 군대에 강제로 끌려가서는 안 되며, 전쟁이 나도 우리들은 특별한 보호를 받아야 해요.

제39조

이 협약에 서명한 나라는 전쟁의 피해와 고문, 학대, 폭력 등을 경험한 우리들이 몸과 마음의 상처를 치유하고 삶의 주인으로 바로 설 수 있도록 모든 노력을 해야 해요.

제40조

이 협약에 서명한 나라는 우리들이 혹시 죄를 지어 법에 의한 판결을 받은 후 사회에서 소외되지 않고 생활할 수 있도록 지원해 주어야 해요. 그래서 우리들이 인권과 타인의 자유에 대해 존중하는 생각을 키워 주어야 하고 공정한 재판을 받도록 보장해 주어야 해요.

둘째, 공동체 안에서 개인의 다양성과 차이가 존중되고 보장되고 있는가를 살펴보면 인권침해 여부를 알 수 있습니다.

인권 선언문이나 협약의 내용을 지킨다고 해서 인권 보장이 완전히 실현되었다고 할 수는 없습니다. 사람들의 생각이 깊어질수록 인권의 내용도 언제나 깊어지고 넓어졌기 때문입니다. 예를 들어 세계인권선언문에는 장애 차별에 대해 구체적인 언급이 없고 유엔아동권리협약에는 성적 지향이나 성 정체성이 다른 청소년들의 인권에 대한 관심은 여전히 부족합니다.

특히 차별의 문제는 단순히 그 사회의 문화적 차이나 법적인 기준만을 생각해서 판단할 수 있는 문제는 아닙니다. 만약 그 사회의 통념과 법 제도, 공동체가 추구하는 가치와 구성원의 인식이 개인의 차이와 다양성을 보장하지 않는다면 이는 인권 문제로 보아야 합니다. 예를 들어 학교 문화와 학칙 그리고 교실 분위기와 구성원들의 인식이 개인의 소수성을 존중하지 않고 너무 공동체만을 강조한다면 그 속에서 일어날 수 있는 인권침해가 없는지 꼼꼼히 살펴보아야 합니다.

셋째, 사회적 약자가 정치, 경제, 사회, 문화 각 영역에서 동등한 권한을 인정받고 있는지 여부를 살펴보면 인권침해 여부를 알 수 있습니다.

　지금까지 인권의 역사는 힘과 권력을 독점하려는 권력자들에 맞서 모든 인간이 평등하게 권력과 힘을 누리기 위한 투쟁을 벌여 온 역사라고 해도 과언이 아닙니다. 만약 어느 사회에서든지 권력자만이 자유롭게 권리를 누리고 사회적 약자는 통제의 대상이 될 뿐이라면 이것은 인권침해가 분명합니다.

　예를 들어 학교에서 학생들의 정당한 주장이 가로막힌다거나 훈육이라는 이유로 학생들에게 체벌과 비인간적인 언어폭력을 행사하는 것이 정당화되면서도 학생들의 문제 제기는 버릇없는 행동으로 낙인찍는다거나 학교 규칙이 학생들에게는 엄격하게 적용되면서 선생님들에게는 면제권이 부여된다면 이는 학생들의 인권을 침해하는 것이 분명합니다.

　위에서 간단히 세 가지 기준을 이야기했지만 이것이 반드시 절대적 기준인 것은 아닙니다. 그리고 사실 이러한 기준으로 인권침해냐 아니냐를 판단하는 것은 그리 중요한 것이 아닙니다.

　오히려 생활 속에서 이러한 기준들을 바탕으로 우리 삶을 잘 살펴보면 아이들의 인권뿐 아니라 선생님 스스로의 인권에 대해서도 민감해지는 것이 필요합니다. 자신과 주변의 인권 문제에 민감하게 되면 그것을 해결하기 위한 고민도 시작하게 됩니다.

　단순히 인권침해냐 아니냐를 판단하는 것보다 인권 문제에 민감해지고 그것을 해결하려고 노력하는 선생님들이 많아지면 많아질수록, 학교는 꽉 막힌 감옥 같은 곳이 아니라 아이들과 선생님들이 살아 있는 배움을 주고받을 수 있는 진정한 배움의 공동체로 변할 수 있을 것입니다.